DER
BÜRGERPARK
Verein

DER BÜRGERPARK Verein

Ein Jahr im Park

mit Texten von Peter Groth und
Fotografien von Jochen Mönch u. a.

Carl Schünemann Verlag

Für die großzügige Unterstützung danken wir der

Karin und Uwe Hollweg / Stiftung

Geleitwort

Der Park gehört zum Stadtbild Bremens wie das Rathaus, der Marktplatz und die Stadtmusikanten – und liegt den Bremerinnen und Bremern mindestens genauso am Herzen.

Auf Initiative des Bürgerparkvereins wurde der Park vor über 150 Jahren angelegt. Ziel war es damals, eine grüne Erholungsanlage für alle, ob arm oder reich, jung oder alt, zu schaffen. Dass dieses hervorragend gelungen ist, kann man heute noch täglich im Park beobachten.

Über das, was der Park zu bieten hat, wie er sich im Laufe von 150 Jahren weiterentwickelt hat und wer dafür verantwortlich ist, darüber berichtet dieses neue Bürgerparkbuch. Viel Spaß bei der Lektüre!

Dank gebührt allen, die daran mitgewirkt haben, und besonders der Karin und Uwe Hollweg Stiftung, die das Erscheinen dieses Buches ermöglicht hat.

Ganz besonders danken wir aber allen Bremerinnen und Bremern, die das Bestehen und die Erhaltung des Bürgerparks durch ihre Spenden und Zuwendungen ermöglichen. Seit über 150 Jahren wird der Park fast ausschließlich durch private Gelder ohne Hilfe des Staates finanziert. Ein einmaliges Modell bürgerschaftlichen Engagements.

Dies zeigt die große Verbundenheit der Bremerinnen und Bremer mit ihrem Bürgerpark. Damit der Park auch weiterhin in diesem guten Zustand erhalten und gepflegt werden kann, können wir nur alle Freunde des Bürgerparks bitten, hier nicht nachzulassen und uns auch in Zukunft weiterhin so großzügig zu unterstützen.

J. Linnemann

Joachim Linnemann
Präsident des Bürgerparkvereins

Ein Jahr im Park

Als sich am 25. September 1865 unter dem Vorsitz des Apothekers Georg Christian Kindt 38 Bremer Bürger im Ratskeller trafen, ahnte trotz allem Engagement wohl niemand von ihnen, welche einzigartige Erfolgsgeschichte sie an diesem Abend begründen würden.

Obwohl sie dabei vor großen Herausforderungen standen, gelang es ihnen und dem von ihnen gegründeten »Verein zur Bewaldung der Bürgerweide« in überraschend kurzer Zeit, einen heute rund 202 Hektar großen Park anzulegen – ausschließlich durch privates Engagement und mit privaten Mitteln.

Zunächst »bei« Bremen gelegen, ist der Bürgerpark heute die wichtigste innerstädtische Grünanlage der Hansestadt und gilt als einer der schönsten Landschaftsparks Deutschlands sowie eines der wichtigsten Gartendenkmäler.

In seiner nunmehr über 150-jährigen Geschichte führte der heutige Bürgerparkverein mit der Unterstützung der Bremer Bürgerinnen und Bürger den Park sicher durch Höhen und Tiefen sowie vielfältige gesellschaftliche Umbrüche, was nicht jeder großen Parkanlage aus dieser Zeit vergönnt war. Bis heute liegt die alleinige Verantwortung für Pflege und Erhalt des Parks in den Händen des Bürgerparkvereins, der die Finanzierung ohne Steuergelder sicherstellt. Zügig gelang es dem »Verein zur Bewaldung der Bürgerweide«, den Senat von der Notwendigkeit einer Parkanlage für alle Bremer Bürger zu überzeugen. Der Senat stellte hierfür Teile der Bürgerweide zur Verfügung – unter der Bedingung, dass der Stadt keine Kosten für Bau und Pflege des Parks entstünden. Dank des Erfolgs bei der Einwerbung von Spenden konnte bereits im Juni 1866 mit den Bauarbeiten begonnen werden. Der Gartenkünstler Wilhelm Benque lieferte dafür einen hervorragenden Entwurf, der mit seinen ästhetischen Qualitäten bis heute überzeugt und unverändert seine Funktion glänzend erfüllt. Benque entwarf einen Landschaftspark im gemischten Stil. Er platzierte eine formal gestaltete Zentralanlage mit Parkhaus, Wasserbecken, Alleen und Schmuckbeeten am stadtseitigen Eingang des Parks, die dann zu den Rändern des Parks und zur damals noch freien Landschaft in naturnah gestaltete Bereiche mit Wiesen, Gehölzgruppen und dichteren Gehölzbeständen überging. Dieser landschaftliche Teil wurde durch die zentrale Wiesensicht, umgeben von dichten Gehölzbeständen, dominiert. Nebensichten, Seen und Wasserzüge, vereinzelte Gehölzgruppen in den Wiesen sowie zahlreiche schmückende Brücken oder Gebäude erzeugen ein vielfältiges Parkbild, das dem Besucher immer wieder neue Blicke und Perspektiven bietet und so den Park sehr viel größer erscheinen lässt.

Auch im Ausland wurde der besonders gelungene Entwurf des Bürgerparks gewürdigt. So erhielt der Park nach seiner Fertigstellung 1886 Auszeichnungen bei der Weltausstellung 1893 in Chicago und bei einer Internationalen Ausstellung 1894 in Antwerpen.

Seine endgültige Form erhielt der Park aber erst im Jahr 1906, als durch die Spende eines der größten Mäzene des Parks, Franz Schütte, die Anlage des Stadtwalds ermöglicht wurde und das Parkensemble aus Bürgerpark und Stadtwald, wie wir es heute kennen, entstand.

Die zwei Weltkriege setzten dem Verein und seinem Park jedoch schwer zu. In der dem Ersten Weltkrieg folgenden Inflation verlor der Verein sein gesamtes Vermögen, im Zweiten Weltkrieg hatte der Bürgerpark durch seine Nähe zum Bahnhof schwere Verwüstungen zu verzeichnen. Tausende Bäume wurden zerstört und man zählte bei Kriegsende mehr als 300 Bombenkrater im Park. Nur knapp gelang es dem damaligen Parkdirektor Hugo Riggers, die Abholzung des gesamten Parks zu Reparationszwecken zu verhindern und trotz der widrigen Umstände die Pflege des Parks stets aufrecht zu erhalten. Dennoch dauerte der Wiederaufbau bis weit in die 1960er-Jahre an. Die finanziellen Mittel dafür konnten seit 1953 auch mithilfe der neu eingeführten Bürgerpark-Tombola gesichert werden, die bis heute zu den großen Bausteinen der Finanzierung des Parks gehört.

Im Jahr 1984 wurde der Park unter Denkmalschutz gestellt und damit seine besondere gartenhistorische Bedeutung gewürdigt. Das Engagement des Bürgerparkvereins für die beispielhafte Pflege und Entwicklung des Bürgerparks über einen so langen Zeitraum wurde 2011 mit dem »Goldenen Lindenblatt« der Gesellschaft für Gartenkunst und Landschaftskultur ausgezeichnet. In den Jahren 2015 und 2016 konnten der Bürgerparkverein und der Bürgerpark ihr 150-jähriges Jubiläum begehen. Ein Ereignis, das die 38 Bürger im Ratskeller im Jahr 1865 sicherlich mit großer Freude und Stolz erfüllt hätte.

Genau dieses Jubiläum war auch Anlass, den Park noch einmal ganz anders zu zeigen als in den bisherigen vielfältigen Publikationen, die vom gartenhistorisch fundierten Werk bis zum Bildband reichten. Das vorliegende Buch soll Binnen- und Butenbremern, aber auch den Bürgerparkfans außerhalb der Hansestadt Einblicke in die vielfältigen Themen geben, die ein Jahr im Park mit sich bringt – und einen Blick hinter die Kulissen erlauben. Es soll einladen, Neues rund um den Park zu entdecken, soll Informationen liefern und für den Park begeistern. Denn es ist diese Begeisterung, die den Bürgerpark so einzigartig macht und die hoffentlich auch mindestens für die nächsten 150 Jahre erhalten bleibt!

Viel Freude bei der Parklektüre und selbstverständlich beim nächsten Besuch im Bürgerpark wünscht Ihnen

Tim Großmann
Parkdirektor

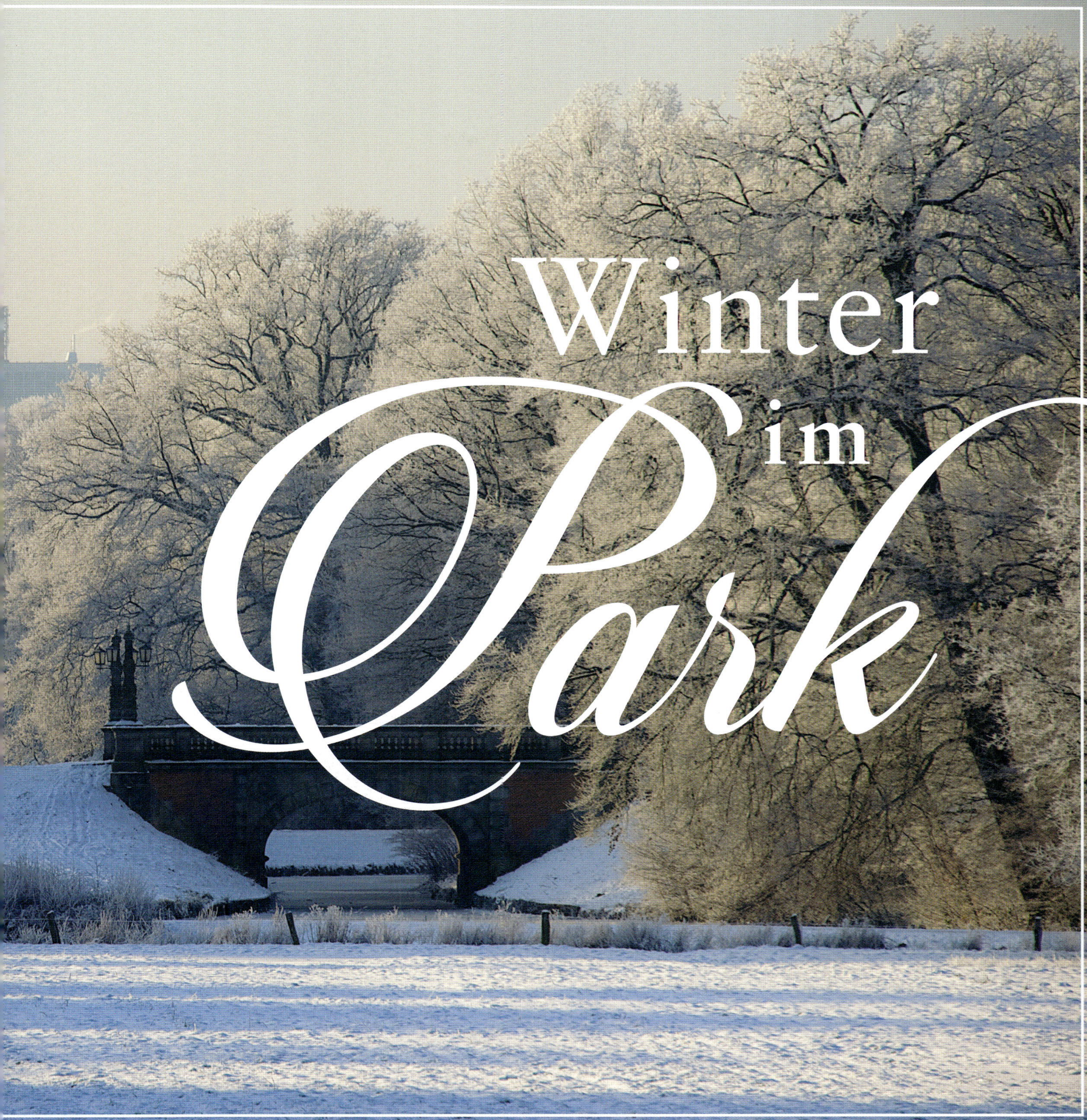
Winter
im
Park

Das Jahr im Blick

Die Parkverwaltung

Ein neuer Alpaka-Bulle fürs Tiergehege und ein verschwundener Betonpoller an der Findorffallee stehen heute auf der Tagesordnung. Außerdem sollen Veränderungen im Außenbereich des Cafés »emma am see« vorgenommen werden, die zu besprechen sind. Doch dann spielt an einem Traktor die Elektronik verrückt und wirft die Pläne durcheinander. Für den unerwarteten Anruf eines Nachlassverwalters, der eine Erbschaft ankündigt und einen Termin vereinbaren möchte, stellt man den Poller dagegen gerne zurück.

Es ist die Vielfalt, die die Arbeit des Teams um den Parkdirektor so interessant macht. Denn ein Parkbetrieb, das ist weit mehr als Wiesen mähen und Spazierwege pflegen.

Der Bürgerpark will finanziert sein – dafür benötigt man einen Buchhalter. Veranstaltungen müssen koordiniert werden, Bürgeranliegen freundlich entgegengenommen und beantwortet werden – dafür benötigt man ein Allroundtalent, dessen Funktion nur unzulänglich mit der Berufsbezeichnung »Sekretärin« beschrieben ist. Arbeiten im Park sind in die Wege zu leiten und zu begleiten, das digitale Park- und Baum-

kataster ist permanent fortzuschreiben und weiterzuentwickeln – dafür benötigt man einen Gartenbauingenieur. Und dann sind da noch das Umweltbildungszentrum und das Archiv des Bürgerparkvereins, die von einer Fachkraft betreut und gepflegt werden. Da ist es fast verwunderlich, dass das Team insgesamt nur 30 Mitarbeiter umfasst.

Alle Fäden laufen beim Bürgerparkdirektor zusammen, der den täglichen Betrieb und alle Abläufe koordiniert, Ansprechpartner des Vereinsvorstandes ist und den Park nach außen repräsentiert. »Man benötigt ein gutes Netzwerk, muss den Kontakt zu Fachkollegen, Firmen, Sponsoren und zu den Behörden pflegen und unser großes gemeinsames Ziel, den Erhalt des Parks, immer im Auge haben«, sagt er.

Gesicht und Stimme der Parkverwaltung ist Anke Outzen. Immer freundlich und gut gelaunt nimmt sie telefonische Anfragen, Anregungen und Beschwerden entgegen, empfängt die Besucher und koordiniert zudem die Veranstaltungsorganisation. Sie führt den Veranstaltungskalender und ist mit vielen weiteren organisatorischen Aufgaben betraut – als Allroundtalent »im Hintergrund« ist sie für den Park unverzichtbar.

Auf den ersten Blick etwas trockener, aber ebenfalls unentbehrlich ist der Bereich von Hermann Haake. In seinen Händen liegt die Buchhaltung. Das umfasst nicht nur Löhne und Gehälter, Rechnungen und die

Oben: Die Gebäude der Parkverwaltung
Rechts: Das Alfred-Hoffmann-Tor an der Einfahrt zur Parkverwaltung

Mitgliederverwaltung einschließlich Beiträgen und Spenden, sondern auch die Abrechnung der Bürgerpark-Tombola sowie Pachteinnahmen und Steuerfragen – bei einem Jahresetat von rund 2,5 Millionen Euro ein ziemlich umfangreiches Aufgabenpaket.

Junge Bremerinnen und Bremer lernen vom Team oft als erstes Ulrike Graf kennen. Sie betreut die Umweltbildung und bringt Schulklassen oder Kinder- und Jugendgruppen den Park mit all seinen Facetten näher. Und sie ist auch für das »Gedächtnis des Vereins« zuständig: Sie führt das Archiv und ist stetig auf der Suche nach historischem Material. Leider gibt es in der Zeit bis 1945 erhebliche Lücken, weil in den Wirren des Krieges viele Unterlagen und Fotos verloren gegangen sind.

In Zukunft wird die Unterstützung der hauptamtlichen Kräfte durch ehrenamtlich tätige Freunde des Bürgerparks zunehmend an Bedeutung gewinnen. Solche hilfreichen Freunde gibt es schon jetzt in der Verwaltung, im Betrieb des Fahrgastschiffes »Marie« und im Tiergehege. »Das können und wollen wir ausweiten, weil es Aufgaben bei der Betreuung von Parkbesuchern gibt, die von unserem Mitarbeiterstab nicht erfüllt werden können«, sagt der Parkdirektor.

Die regelmäßig im Frühjahr stattfindende Jahresplanung wird aber in den Händen der Hauptamtlichen bleiben. Immer im März erscheint

eine kleine Broschüre mit allen Veranstaltungsterminen. Fixpunkte sind dabei alljährlich das Freiluftkonzert »Musik und Licht am Hollersee«, das Benefizkonzert in der Glocke, einige Laufveranstaltungen, der Bremer Theatersommer der Bremer Shakespeare Company und der große Kindertag. Diese Termine müssen mit notwendigen Bauarbeiten im Park und Urlaubsplänen der Mitarbeiter abgestimmt werden. Hinzu kommen jedes Jahr Anfragen von externen Veranstaltern, die gern im Bürgerpark präsent wären. »Da prüfen wir in jedem Einzelfall genau, ob die Veranstaltung zum Park passt und hier nicht jemand nur unseren guten Namen nutzen will. Kommerzielle Großveranstaltungen haben da keine Chance – die Zeiten der Gewerbe- und Landwirtschaftsschauen im Park sind längst vorbei. Wenn aber beispielsweise Schulen wegen eines Benefizlaufs anfragen, dann prüfen wir das wohlwollend, und Veranstaltungen wie der Kindertag, der Spieltreff und der Umweltbildungstag, die passen sowieso zu uns«, beschreibt Tim Großmann die Palette der möglichen Parknutzungen durch Dritte.

Von der gelungenen Planung können sich die Parkfreunde dann jedes Jahr aufs Neue selbst überzeugen – mit einem Blick in das Veranstaltungsprogramm oder besser noch bei einem Besuch im Park.

Oben: Letzte Abstimmungen für dieses Buchprojekt im Büro des Parkdirektors

Schnee- und Eisvergnügen

Der Wintersport im Park

Eisvergnügen auf dem Hollersee um 1900

Täuscht es oder war früher tatsächlich mehr Winter? Mit Eis und Schnee und knackiger Kälte – und mit den für solche Verhältnisse typischen Vergnügungen in einem winterlichen Bürgerpark? Immer wieder hat es in der langen Geschichte des Parks Tage gegeben, an denen sich Heerscharen von Bremerinnen und Bremern – ob jung oder alt – aufmachten, Winterfreuden auf den Seen und Gewässern des Bürgerparks zu genießen.

Bereits 1897 war das Eislaufen im Bürgerpark so populär, dass sogar fein gezeichnete und kolorierte Postkarten mit entsprechenden Motiven entstanden und verschickt wurden. Besonders beliebt war das Bild des von Eisläufern bevölkerten Emmasees mit dem Kaffeehaus im Hintergrund oder der Hollersee mit Pirouetten drehenden Menschen vor der Kulisse des Parkhauses.

Schon fast zwei Jahrzehnte zuvor, im Januar 1881, erlebte das Eislaufen im Bürgerpark einen einmaligen »Höhepunkt« infolge eines bitteren Ereignisses, das den Bürgerpark insgesamt schwer traf. In der Nacht vom 29. auf den 30. Dezember 1880 war an der Großen Wümme im Blockland nach tagelangem Hochwasser der Deich gebrochen. Bis an die Stadtgrenze Bremens setzten die nassen Fluten das weite Land und damit auch den gerade erst fertiggestellten Park unter Wasser. Und dann kam der Frost, der in kurzer Zeit die gänzlich überflutete Fläche zwischen Meierei und Parkhaus (dem heutigen Park Hotel) in eine weite Eislauffläche verwandelte. Der Andrang der Bremerinnen und Bremer muss, wie historische Quellen berichten, gewaltig gewesen sein. Mit den an den Winterstiefeln festgeschnallten »Holländern«, mit Schlitten für die Kleinen und mit den damals noch gebräuchlichen Sitzschlitten für die Damen zogen die Stadtbewohner aufs Eis.

Der vor 1892 und dann wieder nach 1907 aktive Bremer Eisverein kümmerte sich nicht nur um zugefrorene Flächen vor den Toren der Stadt, er präparierte auch die Seen im Bürgerpark, räumte den Schnee

und schickte Fegekommandos, damit die Schlittschuhläufer freie Bahn hatten. Erhöht wurde das Eisvergnügen um die Jahrhundertwende noch durch musikalische Rahmenprogramme – Kapellen spielten am und auf dem Hollersee zur Unterhaltung der Wintersportler. In die Geschichte des Bürgerparks ist dabei ein tragikomisches Ereignis aus dem Frühjahr 1900 eingegangen. Den auf dem Eis frierenden Musikern hatte man in guter Absicht einen Koksofen hingestellt – ohne die Folgen zu bedenken. Den alten Erzählungen nach krachte das Eis, als die Kapelle just den Donauwellen Walzer anstimmte. Nicht alle Instrumentalisten konnten sich in Sicherheit bringen und versanken bis zum Bauch im eiskalten Hollersee.

Derartige Ereignisse sind im Zusammenhang mit den Wintervergnügungen aus jüngerer Zeit nicht mehr überliefert. Sicher ist nur, dass es zu allen Zeiten organisierte Eisvergnügen, insbesondere auf dem Hollersee, gegeben hat. 1953 und 1954 etwa wurden auf der zugefrorenen Fläche Bahnen und Areale für den Schnell- und den Kunstlauf abgesteckt. Wer wollte, konnte zudem Eishockey spielen oder sich dem Eisstock- und Klootschießen widmen.

Schneefegen auf dem Hollersee um 1950

Aber auch ohne Eis hat es im Park schon Wintersport gegeben, etwa im Februar 1979, als – wohl einmalig – ein Volks-Skilanglauf durch den verschneiten Park organisiert wurde – mit großem Erfolg: 700 Läufer absolvierten eine Strecke von zwölf Kilometern.

Aber es geht auch ohne große Organisation. Damals wie heute gilt: Wann immer das Winterwetter sportliche Vergnügungen zulässt, genießen die Bremerinnen und Bremer das in großer Zahl. Jeder noch so kleine Hügel im Park wird zum Rodelberg, die Wasserzüge und Seen zu Schlittschuhbahnen. Das kleine Winterparadies Bürgerpark war und ist ein Ziel für Wintersportler und Familien, sobald ein wenig Schnee liegt und das Eis trägt. Also: Wann wird's mal wieder richtig … Winter?

Baumcasting
in Bad Zwischenahn

Die ausgewählten Bäume werden von Mitarbeitern der Baumschule Bruns markiert

Die Baumschule für Bremen

Im Bürgerpark werden viele gute Traditionen gepflegt. Eine davon ist die jahrzehntelange Geschäftsbeziehung zur Baumschule Bruns. Einmal im Jahr macht der Parkdirektor sich auf den Weg zum Großeinkauf in Bad Zwischenahn. Dort befindet sich die Baumschule von Jan-Dieter Bruns, der seit vielen Jahren die Bäume für die Neuanpflanzungen im Park – pro Saison ca. 100 Exemplare – liefert.

Bevor die Bäume von Sattelschleppern nach Bremen gebracht werden, muss der Parkdirektor die Auswahl treffen. Was hat auf einer zuvor gerodeten Fläche im Park gestanden? Was muss dort neu gepflanzt werden, um irgendwann die über Jahrzehnte gewachsene Baumkulisse wieder aufleben zu lassen? Weil der Bürgerpark seit 1984 als Gartenkunstwerk von internationalem Rang unter Denkmalschutz steht, darf die historisch gewachsene Anlage nicht einfach verändert werden. Aber auch eine weitere Frage beschäftigt den Direktor: Welche Wünsche haben Baumspender geäußert und wie lassen sich diese mit den historischen Vorgaben in Einklang bringen?

Aus dem 9.500 Arten und Sorten umfassenden Sortiment der Baumschule Bruns werden die Bestellungen für den Bürgerpark ausgewählt. Als Standardgröße kommen bei den Laubbäumen nach langjährigen Erfahrungen vor allem Exemplare infrage, die bereits 10 bis 15 Jahre gezogen wurden und einen Stammumfang von 20 bis 25 Zentimetern erreicht haben. Die Liste geht anschließend nach Bad Zwischenahn, wo die Bäume in den Pflanzungen auf dem 500 Hektar großen Gelände vorausgesucht und markiert werden. Im Januar fahren Parkdirektor und Obergärtner dann in die Baumschule und nehmen die ausgewählte Ware gemeinsam mit Jan-Dieter Bruns auf einer Rundfahrt durch die Baumschulquartiere in Augenschein. »Das macht immer besonders viel Freude. Außerdem wollen wir natürlich, dass unsere Baumspender auch wirklich die schönsten Bäume bekommen!«, sagt der Parkdirektor.

Und weil Bruns, genau wie die Mitarbeiter des Bürgerparks, mit Leib und Seele Gärtner ist, empfiehlt er seinem Bremer Kunden immer mal wieder auch besondere Bäume. Manchmal passt das – dann freut sich Jan-Dieter Bruns, dass er ein bisschen an der Gestaltung des Parks teilhaben konnte, und der Parkdirektor über einen ungewöhnlichen neuen Baum.

Geliefert werden die Bäume zur Pflanzsaison ab März auf Abruf. Dann rollt eine ganz besondere Fracht durch Norddeutschland bis zum Betriebshof am Schweizerhaus. Von da aus werden die »Neubremer« dann von den Gärtnern schnellstmöglich »eingebürgert«.

Oben: Vorbereitung der Bäume für den Transport zum Bürgerpark
Rechts: Baumauswahl in der Baumschule Bruns

Beginn der Saison mit der Winterlaufserie

Gehen, laufen, joggen …

Der Park in Bewegung

Es ist kalt an diesem ersten Sonntag im Januar, doch 1.003 Läuferinnen und Läufer haben sich von den frostigen Temperaturen nicht abschrecken lassen und machen sich warm für den ersten Wettbewerb der AOK-Winterlaufserie. Rund um den Marcusbrunnen stehen Tische und Bänke in langen Reihen, diverse Zelte, in denen sich Frauen und Männer umziehen, in denen Startnummern vergeben werden. Helfer füllen Getränke in Becher, bereiten Snacks vor. Der Startschuss fällt, es dauert drei Minuten, bis auch der letzte Teilnehmer die Start-Ziel-Linie überquert hat und auf die fünf Kilometer lange Strecke gegangen ist. Eine oder zwei Runden auf abgestreuten Wegen – das entscheidet jeder selbst. Ein schier endlos wirkender Strom meist leicht bekleideter Sportler trabt, läuft und rennt über den von Streckenposten gesicherten Rundkurs. Vereinssportler aus Bremen und dem Umland, ganze Betriebssportgruppen, junge und alte Freizeitläufer haben sich auf den Weg gemacht, ein erstes Mal im Jahr ihre Form zu testen oder die Wintermüdigkeit abzuschütteln. Der

Schnellste erreicht nach zehn Kilometern und etwa einer halben Stunde das Ziel. Die Hobbyläufer benötigen die doppelte Zeit und noch länger, um den inneren Schweinehund zu besiegen – aber Hauptsache geschafft und durchgehalten. Am Zieleinlauf gibt es vom Kommentator für jeden ein aufmunterndes Wort. Wer die Strecke gemeistert hat, der ist so oder so ein Sieger.

Der Bürgerpark ist nicht nur bei den vielen Teilnehmern der aus drei Wettbewerben bestehenden Winterlaufserie ein beliebtes Gelände. Mitten in der Stadt, schnell und gut erreichbar, ein 31,5 Kilometer langes, für Läufer geradezu ideal präpariertes Wegenetz im Grünen und die rund 1,7 Kilometer lange Finnbahn mit besonders gelenkschonendem Untergrund im Stadtwald – ein wahres Läuferparadies. Von montags bis sonntags, von morgens bis abends und zu allen Jahreszeiten sind Läuferinnen, Läufer und Nordic Walker einzeln oder in Gruppen unterwegs. Ob Marathon- oder Genussläufer – für sie alle ist der Bürgerpark die erste Adresse.

In der langen Geschichte des Bürgerparks spielen sportliche Aktivitäten von Beginn an eine wichtige Rolle. Ein richtiger Boom setzte allerdings erst in den 1970er-Jahren mit der Trimm-Dich-Fit-Bewegung ein und ebbte seitdem auch nicht wieder ab. Aber schon aus der Zeit um 1900 sind organisierte sportliche Aktivitäten überliefert. Der Hollersee wurde für internationale Schwimmfeste genutzt und der Norddeutsche Fußballbund organisierte kurz nach der Jahrhundertwende jährlich Fünf-Kilometer-Läufe, die beispielsweise im Jahr 1908 ein gewisser Gustav Lichtsinn in einer Zeit von 17 Minuten und 19 Sekunden gewann. Radrennen rund um den Park, Reiten auf extra präparierten acht Kilometer langen Wegen, spezielle Wintersportveranstaltungen – in sportlicher Hinsicht bietet der Bürgerpark seit jeher so einiges.

Einen richtigen Aufschwung nahm die Bewegung im wahrsten Sinne des Wortes in den frühen Siebzigerjahren des 20. Jahrhunderts. Ab 1973 bot der Verein Bremer Lauftreff auch für Nicht-Mitglieder »Joggen für jedermann« an, im Juni 1972 wurde auf einem Parcours hinter der

Meierei ein »Trimm-Pfad« mit dreizehn Stationen eröffnet. Das Gesundheitsbewusstsein in der Bevölkerung veränderte sich rasant, die Bewegung an der frischen Luft erhielt einen neuen, höheren Stellenwert.

Die Parkverwaltung trug diesem neuen gesellschaftlichen Trend Rechnung. Bekanntestes Beispiel hierfür war die im November 1977 eröffnete Finnbahn. Der heute täglich von unzähligen Sportlern genutzte Rundweg misst exakt 1.667 Meter, drei Runden auf der bis in den späten Abend beleuchteten Strecke entsprechen also fünf Kilometern. Vor allem Freizeitläufer, aber auch die Profi-Kicker von Werder Bremen mögen die Finnbahn wegen des speziellen, einem Waldboden nachempfundenen Bodenbelags, der die Gelenke der Jogger und Läufer schont. Wie sehr die Läuferinnen und Läufer ihre Finnbahn lieben, wurde deutlich, als die Bahn 2004 grundlegend saniert werden musste. Zehn Prozent der Sanierungskosten in Höhe von 200.000 Euro spendeten allein die Läufer. Jahr für Jahr unterstützen sie weiterhin den Erhalt der Bahn durch zweckbestimmte Spenden.

Neben den Möglichkeiten, den Bürgerpark und sein Wegenetz für den alltäglichen Sport zu nutzen, finden ganzjährig verschiedene Laufveranstaltungen statt. Gegen alle Trends in der Laufszene, die zunehmend bei Großveranstaltungen den Eventcharakter mit ausgefeilten

Oben: Aufwärmen vor dem Venuslauf

Rahmenprogrammen entwickelt, sind die Konkurrenzen im Bürgerpark pures Laufen ohne viel »Firlefanz«. Neben dem großen Bremen-Marathon, der einmal jährlich den Park passiert, der Winterlaufserie und einem Marathon-Vorbereitungslauf haben sich seit 2001 zwei weitere Benefizläufe etabliert. Das ist der jedes Jahr im Spätsommer stattfindende Rykä-Frauenlauf, den die 1991 gegründete Frauenlauf-Initiative Bremen organisiert. Dieser Wettbewerb, an dem aber auch Männer teilnehmen dürfen, lockt regelmäßig mehr als 200 Teilnehmerinnen und Teilnehmer in den Park – Tendenz steigend. Weit größer mit inzwischen bis zu 3.000 Teilnehmerinnen und Teilnehmern aller Altersklassen ist jährlich der Venuslauf der Bremer Krebsgesellschaft. Bei dem Solidaritätslauf »Auf zur Venus« zugunsten krebskranker Menschen spenden Unternehmen und Privatpersonen 50 Cent je zurückgelegtem Kilometer. Auf verschiedenen Rundstrecken durch den Park erlaufen die engagierten Teilnehmer mittlerweile jährlich mehr als 27.000 Kilometer – das Ziel Venus ist bald in Sicht!

Aber ganz egal, ob schneller Lauf oder gemütlicher Gang: Der Bürgerparkverein achtet bei Veranstaltungen auch stets auf ein gutes Miteinander aller Parkbesucher – und macht den Park damit zu einer von Bremens beliebtesten Adressen für Sportler und Spaziergänger.

Aufarbeitung alter Wunden

Der Kampfmittelräumdienst

Bombenkrater auf der großen Parkwiese, 1946

Der Zweite Weltkrieg hat auch im Bürgerpark deutliche Spuren hinterlassen. Hier fanden Ende April 1945 nicht nur die letzten Kampfhandlungen rund um die Bunker statt, in denen sich die verbliebenen fanatischen Anhänger des NS-Staates verschanzt hatten. Im Park und im angrenzenden Stadtwald gingen bei den großflächigen Luftangriffen auch unzählige Bomben nieder – nach Kriegsende zählte man im auch durch Artilleriebeschuss in Mitleidenschaft gezogenen Park weit mehr als 300 tiefe Bombenkrater mit einem Durchmesser von bis zu 35 Metern. Die zahlreichen Blindgänger hingegen hinterließen solche Spuren nicht und stellen bis heute ein Problem dar. Damit aber nicht genug: Granaten, die nicht explodierten, Gewehre und Munition, die vor der Befreiung Bremens durch die britischen Truppen von deutschen Soldaten noch schnell vergraben wurden, erfordern auch Jahrzehnte nach Kriegsende die regelmäßige Suche nach gefährlichen Kriegshinterlassenschaften durch den Kampfmittelräumdienst der Bremer Polizei.

Wenn etwa im Park und im Stadtwald etwas gebaut oder Bäume gepflanzt werden, muss das Gelände zuvor untersucht werden. Dies galt z. B. für die Errichtung des Bootshauses und der Anleger für das Fahrgastschiff »Marie«. Regelmäßig kommen die Kampfmittelräumer jedoch in den Park, wenn Neupflanzungen von Bäumen anstehen. Diese Flächen werden grundsätzlich auf versteckte Gefahren im Boden überprüft. Das Verfahren ist immer gleich: Die Bürgerparkverwaltung informiert den Leiter des Kampfmittelräumdienstes über beabsichtigte Pflanzungen. Anhand eines Katasters wird dann geprüft, ob die betreffenden Flächen schon einmal untersucht wurden. Ist das nicht der Fall, rückt eine auf das Aufspüren von verborgenen Kampfmitteln spezialisierte Firma an und begibt sich mit Metalldetektoren auf die Suche.

»Auch Jahrzehnte nach Kriegsende ist Wachsamkeit geboten«, sagt der Leiter des Kampfmittelräumdienstes. Ist der Boden »sauber«, darf gepflanzt werden. Nach und nach werden die Flurstücke des Parks so von gefährlichen Altlasten befreit. Fündig werden die Kampfmittelräumer glücklicherweise nicht immer, wenn sie im Januar und Februar die

Granatenhülsen und Metallschrott aus einem Bombenkrater auf der großen Parkwiese, 2015

Pressetermin anlässlich einer Bombenentschärfung im Park

Andreas Rippert, Leiter des Kampfmittelräumdienstes, mit einem entschärften Blindgänger

Neuanpflanzungsflächen prüfen. Häufig wird einfach nur vor Jahrzehnten entsorgter Metallschrott zutage gefördert, wenn die Detektoren ausschlagen – wie z. B. in der südwestlichen Ecke des Bürgerparks, in der sich einst der alte Weserbahnhof befand. Dort haben die Spezialisten in mühevoller Kleinarbeit und mit großem Gerät statt Granaten alte Gleise und andere Überbleibsel des Bahnbetriebs ausgegraben.

Doch nicht alle Funde sind so harmlos. Um sicherzugehen, wertet der Kampfmittelräumdienst unter anderem Luftbilder der Alliierten aus, die nach den Angriffen entstanden. Dokumentierte Berichte von Zeitzeugen, die sich an das Vergraben von Munition und Granaten kurz vor Kriegsende erinnern, den genauen Ort aber nicht mehr wissen, geben weitere Anhaltspunkte dafür, dass noch unentdeckte Gefahren im Park lauern. Und auch wenn Seen und Gräben entschlammt werden, sind die Kampfmittelräumer dabei. Wiesen und Freiflächen wurden und werden zudem Stück für Stück unter die Lupe genommen.

Dank der guten Zusammenarbeit und der Umsicht bei anfallenden Arbeiten im Park ist bislang aber nie etwas passiert.

»Unser wichtigstes Ziel ist, dass unsere Besucher vor allem die friedliche Atmosphäre des Parks genießen können«, sagt der Parkdirektor – zu Recht!

Oben: Zünder einer entschärften Fliegerbombe
Rechts: Ein bei Kontrollmaßnahmen entdeckter Blindgänger

Schweren Herzens

Die Baumfällarbeiten

Stück für Stück zerlegt der große Fällkran am Stern einen Baum, der nicht mehr verkehrssicher ist

Jedes Baumleben geht einmal zu Ende. Es hilft nichts, der Baum muss dann gefällt werden. Im Januar und Februar rücken die Gärtner des Parks zu den ungeliebten, aber notwendigen Fällarbeiten aus. Sorgfältig wurden die verschiedenen zu fällenden Laub- und Nadelbäume von Obergärtner Heiko Lustfeld oder einem anderen Baumkontrolleur vorher überprüft. Wenn Obergärtner und Parkdirektor Tim Großmann sich über den Zustand eines »Kandidaten« einmal nicht ganz sicher sind, dann ziehen sie einen Baumgutachter zurate. »Leicht«, so sagt Großmann, »macht man sich die Entscheidung in keinem Fall.«

Ob ein Baum noch eine Gnadenfrist erhält oder weichen muss, steht und fällt mit dessen Verkehrssicherheit. Wurde bei den regelmäßigen Kontrollen Fäulnis am Stamm entdeckt, haben Pilze und Schädlinge Stamm und Äste befallen oder gibt es Schäden an der Rinde, dann geht möglicherweise eine Gefahr von dem Baum aus und es muss entsprechend gehandelt werden. Besonders intensiv werden Bäume an Straßen und Hauptwegen, an Kinderspielplätzen sowie an Gebäuden mit Fernglas, Gummihammer und Stangen begutachtet. Parkdirektor und Obergärtner entscheiden, ob nur Äste eingekürzt werden müssen oder ob der ganze Baum nicht mehr zu retten ist. Dabei ist die Fällung stets das letzte

Mittel – auch weil dafür hohe Kosten anfallen. »Aber die Verkehrssicherheit lässt keine Kompromisse zu«, so der Parkdirektor.

Dass seit Ende der 1990er-Jahre regelmäßig im Januar und Februar in der Zeit der Vegetationsruhe zahlreiche Bäume gefällt werden, ist Ausdruck eines fundamentalen Generationswechsels im Baumbestand des Bürgerparks. Das stattliche Alter, aber auch die hohen Grundwasserstände, die die Standfestigkeit beeinträchtigen, sowie Versäumnisse bei der Auslichtung der Bestände in den 1920er- und 1930er-Jahren sorgen jetzt für größere Veränderungen. Vertraute Baumkulissen verschwinden, neue wachsen langsam auf. Das bedeutet: Die Verantwortlichen müssen in langen Zyklen denken, wenn sie das Bild des Parks erhalten wollen.

Das Fällen selbst ist ein vergleichsweise kurzer Prozess, der durch die eigene Gärtnerkolonne, aber auch durch Fremdfirmen aus Bremen und ganz Deutschland erfolgt. Um Verletzungen gesunder Bäume zu vermeiden, ist es im Einzelfall notwendig, dass ein spezieller Fällkran anrückt und das nicht mehr verkehrssichere Exemplar Stück für Stück zerlegt. Dünne Äste aus der Krone werden vor Ort zerhäckselt und in der Fläche verteilt. Dickes Holz aus dem maroden Stamm kauft ein Unternehmen auf und macht daraus Kaminholz und Holzpellets. Ein kleiner Anteil wird auf dem Betriebshof als Kaminholz verkauft. Die guten Stammstücke werden von den Handwerkern des Bürgerparks zu Brettern für Bänke, zu Pfählen für Gatter sowie Hinweistafeln und Bauholz verarbeitet.

Oben: Der kleine Fällkran im Einsatz beim Schweizerhaus
Rechts: Pilzbefall an einer alten Buche

Sturmschäden im Stadtwald nach dem
Orkan »Quimburga« 1972

Neben dieser planvollen Bewirtschaftung des Bestandes kommt es immer wieder zu unvorhersehbaren Ereignissen, die den Baumbestand des Bürgerparks beeinträchtigen und auch zu anderen Jahreszeiten Notfällungen erforderlich machen. Bei starken Stürmen und Orkanen wurde der Park in den vergangenen Jahrzehnten empfindlich getroffen – im Februar 1962 stürzten rund 1.900 Bäume, im November 1972 gleich 2.800 Bäume um. Durch den Klimawandel kommt es seit einigen Jahren vermehrt zu Gewitterstürmen im Sommer, die erhebliche Schäden am Baumbestand verursachen. Aber selbst wenn dem Parkteam bei jeder Fällung das Herz blutet, dank der zahlreichen Baumspenden und der steten Unterstützung der Bremerinnen und Bremer finden immer wieder neue Bäume ihren Platz – hoffentlich auch für die nächsten 150 Jahre.

Oben: Nach der Fällung auch für Laien erkennbar: Diese Ulme war nicht zu retten
Rechts: Abkronen einer kranken Eiche mit dem Fällkran

Ein Gewinn
für alle

Die Bürgerpark-Tombola

Das rote oder lieber das gelbe? Das Glückslos will sorgsam ausgewählt sein … Aber ganz egal, ob ein Gewinn dabei herauskommt oder nicht: Mit jedem Loskauf wächst und gedeiht der Bürgerpark.

Seit 1953 findet die Tombola einmal im Jahr von Februar bis Mai statt. Dann entsteht auf dem Liebfrauenkirchhof in der Bremer Innenstadt das »Glücksdorf« mit Losbuden, Präsentationsvitrinen und Holzhäusern im typisch bremischen rot-weißen Stil. Auch an zahlreichen »Außenstellen« und beim »Tombomobil« können Lose für den guten Zweck gekauft werden. Für den privat finanzierten Bürgerparkverein ist die Tombola einer der wichtigsten Finanzierungsbausteine.

Veranstaltet wird die Tombola vom Bremer Bürgerparkverein selbst, durchgeführt wird sie von der in der Baumwollbörse ansässigen Bremer Lotteriekontor GmbH, einer Tochtergesellschaft des Bürgerparkvereins.

Als offizielles Gewinnspiel unterliegt die Tombola wie jede Lotterie strengen gesetzlichen Regeln. Dazu kommen Auflagen und Genehmigungen der Stadt Bremen, die den Ablauf der Tombola präzisieren. Der Reinerlös kommt neben dem Bürgerpark ausschließlich weiteren

Bremer Parks und Grünanlagen zugute. Das war nicht immer so: Über viele Jahre profitierten auch bremische Museen und Theater, die Sporthilfe, das »Schulschiff Deutschland« und das Weserstadion von den Gewinnen. In den Gründerjahren gingen Teile sogar an den Verein der Freunde Worpswedes, der damit seinen Kampf gegen den drohenden Sandabbau am Weyerberg erfolgreich gestaltete. Diese Zeiten sind jedoch lange vorbei. Heute kommen die bunten Papierlose ausschließlich Bremens grüner Seite zugute. Der größte Teil des Reinerlöses geht an den Bürgerparkverein als Veranstalter der Tombola. Der stattliche Rest wird unter verschiedenen Fördervereinen der Bremer Parks und Grünanlagen aufgeteilt.

Die Bürgerpark-Tombola kommt somit letztlich allen Bremerinnen und Bremern zugute. Um erfolgreich zu bleiben, muss sie sich aber auch Jahr für Jahr neu erfinden. Längst gibt es nicht mehr nur das Glücksdorf auf dem Liebfrauenkirchhof. Auf diversen Plätzen in der Innenstadt sowie in sechs großen Einkaufszentren stehen die Losbuden. Seit 2008 fährt zudem das Tombomobil Wochenmärkte an und ist bei gutem Wetter natürlich auch im Bürgerpark zu finden. Seit 2016 darf diese mobile Verkaufsstelle auch stark frequentierte Orte im niedersächsischen Umland anfahren.

Von oben links nach unten rechts: Das Tombomobil in Bremen-Nord, Glückswichtel zur Saisoneröffnung, Gewinn »Aufwiegeaktion« und das Tombomobil im Park

Neben dem Einzellosverkauf werden beispielsweise durch Firmen Lose en gros gekauft, die dann deren Rechnungen als kleiner Gruß beigelegt werden.

Ohnehin sind die Firmen für die Bürgerpark-Tombola von großer Bedeutung. Rund 500 Sponsoren stellen Jahr für Jahr große und kleine Gewinne zur Verfügung. Im Gegenzug dürfen die Firmen in den Vitrinen der Tombola Werbung für sich betreiben. Dabei ist gerade die Vielfalt der Gewinne besonders wichtig, denn wie viele Gewinne es in welchem Preissegment geben muss, ist genau vorgeschrieben. Einige Firmen spenden auch Geld, von dem dann die durchaus beliebten Kleingewinne hergestellt werden, die es so nur bei der Bürgerpark-Tombola gibt: ob nun Socken mit dem Bremer Schlüssel oder Süßigkeiten wie die »Bremer Schlange« und das »Bremer Kabel«. Besonders beliebt sind auch die Preise aus dem Bürgerpark wie Kaminholz, Freifahrten mit der »Marie«, Gutscheine für die Gastronomie im Park, für Minigolf und Ruderboote sowie auch für das Park Hotel.

Glückliche Gewinner

Reingewinnübergabe durch den Schirmherrn Bürgermeister Carsten Sieling

Willkommen ist Dietmar Hoppe, dem Geschäftsführer der Bremer Lotterie GmbH, aber jede Form der Unterstützung. »Es gibt auch Firmen, die uns nicht durch Gewinne, sondern mit Sachmitteln, etwa beim Auf- und Abbau unserer Glücksdörfer, helfen.«

Mit dieser Hilfe stehen 2 Euro jedes Jahr wieder für die große Chance. Besonders begehrt sind nach wie vor Autos, Kreuzfahrten und Bargeld als Hauptgewinne. In den letzten Jahren sind weitere attraktive Gewinne wie z. B. Heimkino-Anlagen, E-Bikes und Pflanzengutscheine oder auch Mitgliedschaften in einem Fitnessstudio hinzugekommen. Bei den Kleingewinnen lautet das Credo: je bremischer, desto besser.

Um dem Publikum ein möglichst breites Angebot machen zu können, sucht das kleine hauptamtliche Team ab September nach Sponsoren. Bis Weihnachten muss alles feststehen. Danach wird das Personal rekrutiert. »Wir benötigen etwa 100 Mitarbeiter in Voll- und in Teilzeit sowie als geringfügig Beschäftigte«, sagt Hoppe.

Ab Mitte Januar beginnt, u. a. mit Unterstützung der Bürgerparkmitarbeiter, der Aufbau der Losbuden und Vitrinen. Der Start der Tombola ist für das hauptamtliche Team dann trotz der Routine immer wieder besonders und aufregend. Wie wird die Tombola laufen? Wann werden die Hauptgewinne gezogen? – Hoffentlich nicht zu früh, denn jeder gezogene Hauptgewinn mindert die Kauflust der »Glücksritter«. Bis in den Mai steht für das Tombola-Team eine volle Sieben-Tage-Woche mit Gewinnübergaben, Sonderaktionen und der Organisation der gesamten Warenwirtschaft an. Am Ende der Tombola-Zeit, so das erklärte Ziel, müssen Lose im Wert von mehr als einer Million Euro verkauft sein. Im Jahr 2016 wurde dieses Ziel deutlich überschritten, die Bürgerpark-Tombola wurde zur europaweit umsatzstärksten Sachwerte-Lotterie. Nach Abzug aller Kosten blieben für die bremischen Parks über 350.000 Euro als willkommener Zuschuss für den laufenden Betrieb und besondere Vorhaben. Für den Bürgerpark ist das eine unverzichtbare Einnahme.

Und so sind am Ende bei der Bürgerpark-Tombola alle Gewinner – spätestens beim nächsten Spaziergang durch den Bürgerpark!

Pinseln ohne Pause

Malerarbeiten am Infozentrum

Die Maler im Park

Bänke, Hausfassaden, Innenräume, Spielgeräte, Hinweistafeln, die Minigolf-Anlage und die Bauwagen des Betriebshofs – und immer wieder Bänke, Bänke, Bänke … Den Malern des Bürgerparks geht die Arbeit nie aus. Das Zweierteam ist nicht nur für den optischen Eindruck der Liegenschaften und der weit mehr als 300 Sitzbänke verantwortlich, es sorgt auch dafür, dass alle hölzernen Materialien durch liebevolle Pflege lange halten.

Das ist keine ganz leichte Aufgabe, da sie bei ihrer Arbeit stets die Auflagen der Denkmalpflege zu beachten haben. Es gibt festgelegte Farbtöne für jede Wand an den Gebäuden wie auch für den hölzernen Zierrat an den Häusern im Park.

Die Winterzeit ist für die Maler die Zeit der Instandhaltung. Dann stehen Arbeiten in den Büros an und die Bauwagen, die den Gärtnern als bewegliches Gerätelager und als Pausenraum in entlegenen Ecken des Parks dienen, erhalten einen neuen Anstrich. Bei den langlebigen Wagen werden auch schon mal morsche Bretter ersetzt, bevor die Maler aktiv werden. Die Fahrzeuge sollen möglichst lange halten und werden deswegen, wenn nötig, in den parkeigenen Werkstätten vom Dach bis zu den Achsen saniert.

Dafür stehen den Malern eine 50 Quadratmeter große Werkstatt und nebenan ein zentrales Farbenlager zur Verfügung. Hier sind alle im Park gebräuchlichen Farben und Werkstoffe zu finden. Und im Winter findet man in der Werkstatt vor allem eines: Bänke.

Denn zur typischen Winterarbeit gehört auch die Instandsetzung der mehr als 300 Parkbänke. Regelmäßig wird deren Zustand überprüft. Blättert die Farbe an den hölzernen Sitzflächen der Natursteinbänke, den historisch bedeutenden, kunstvoll verzierten schmiedeeisernen Rundbänken oder einem der anderen Exemplare ab? Braucht das Holz neue »Nahrung«, um noch ein paar Jahre zu überdauern? Sind sonstige Reparaturen nötig?

Vom Abtransport bis zur Wiederaufstellung rechnen die Maler im Durchschnitt vier Tage, wobei natürlich immer mehrere Sitzmöbel gleichzeitig behandelt werden. Reinigen, schleifen, spachteln, mehrfach lackieren – der Arbeitsablauf ist immer gleich und wird natürlich auch im Sommer durchgeführt. Wenn Exemplare beschädigt sind, mit Graffitis »verziert« wurden oder durch »falsche Benutzung« unansehnlich geworden sind, dann werden die auffällig gewordenen Sitzgelegenheiten repariert.

Neue Farbe für die Geländer der Aselmeyer-Brücken

Die frisch gestrichene Rundbank des Gerdes-Pavillons

Pflegearbeiten an der »Marie«

Seit 2013 steht eine weitere Aufgabe auf der Liste der Maler. Vor der Sommersaison befassen sie sich nun nicht mehr »nur« mit dem Herrichten der Bahnen auf dem Minigolfplatz, der Abnahme aller als Winterschutz dienenden Verkleidungen der Skulpturen und dem Streichen der Spielgeräte auf den verschiedenen Spielplätzen, sondern wenden sich auch einer ganz besonderen Dame zu. Die »Marie« verlangt kurz vor ihrem Einsatz nach einem umfangreichen Wellnessprogramm: Der Unterbodenschutz wird ausgebessert, das Teakdeck wird geölt und die Grätings des historischen Fahrgastschiffes werden von den Spuren zahlreicher Fahrgäste der vergangenen Saison befreit.

Und wenn das Wetter dann schöner wird und die Temperaturen steigen, verlassen die Maler ihre Werkstatt und verpassen Häuserfassaden, Pavillons, Schutzhütten und auch einzelnen Brücken neue Anstriche.

Die Parkgäste genießen derweil die gut gepflegten Anlagen. Und wenn die Sommersaison langsam zu Ende geht, ist es auch schon wieder Zeit für die vielen Bänke, Bänke, Bänke …

Auf Pirsch im Park

Das Revier von Jäger und Angler

Der Bürgerpark ist ein wahres Paradies – für Mensch und Tier. Während die Bremerinnen und Bremer sich beim Spaziergang, beim Bootfahren oder bei einer der vielen Veranstaltungen erfreuen, beobachten die Rehe, Hasen und Vögel das Treiben aus dem sicheren Unterholz.

Mit seinem lebhaften Wechsel zwischen Wiesen, Büschen und Bäumen bietet der Bürgerpark vielen verschiedenen Tieren ein Zuhause. Auf sie alle hat der Parkjäger ein wachsames Auge.

Seit 2011 ist Richard Onesseit Jagdpächter für das Revier Bürgerpark und Stadtwald. Seine Hauptaufgabe ist die Überwachung des Wildbestandes. Dafür pirscht er an mindestens drei Tagen pro Woche durch sein Revier. Dort registriert der gelernte Tierpfleger, wie sich der Rehwildbestand entwickelt. Er guckt nach Hasen und Kaninchen, sichtet Spuren von Füchsen oder von den verschiedenen Arten der großen Marderfamilie und behält die Population der Stockenten im Blick.

Bürgerpark und Stadtwald weisen den für innerstädtische Grünanlagen üblichen Wildbestand auf, der durch eine Besonderheit limitiert ist: die Lage. Das Gelände ist an drei Seiten von städtischer Wohnbebauung und nach Norden von der Universität und der Autobahn begrenzt. »Diese Lage macht den Zugang für Tiere von außen schwer. Zum Glück, denn sonst hätten wir schon lange Wildschweine im Park. Neu ist nur der Marderhund als Zuwanderer – höchstwahrscheinlich hält sich ein Paar in diesem Revier auf«, berichtet Onesseit.

Als Jäger sieht Richard Onesseit nur sehr begrenzte Möglichkeiten, den Wildbestand zu regulieren. So achtet er darauf, dass z. B. nur so viele Rehe im Revier leben, wie ausreichend Nahrung und Lebensraum vorhanden ist. Wenn nötig, greift er regulierend ein und nimmt schwache oder kranke Tiere ins Visier. Allerdings sterben auch immer wieder Rehe auf den Straßen rund um den Park, vor allem dann, wenn sie die Bahnlinie zwischen Bürgerpark und Stadtwald überqueren. »Das sind typische Gefahrenpunkte. Überhaupt nicht stören lassen sich die Rehe von Spaziergängern und Radfahrern, solange diese auf den Wegen bleiben und für Menschen charakteristische, von den Tieren als solche erkannte, Verhaltensmuster an den Tag legen.«

Ein wachsames Auge hat der Jäger ebenso auf die wenigen Hasen und zahlreichen Wildkaninchen, die sich mal stark vermehren, aber dann auch wieder durch Krankheiten dezimiert werden. Begrenzt werden muss auch der Bestand an Stockenten, die sich durch »wohlmeinende« Fütterung vieler Parkgäste jedes Jahr kräftig vermehren.

Tierspuren im Park

Besonders ärgerlich ist es für den Jagdpächter, wenn frei laufende Hunde das Unterholz durchstöbern und dabei die Wildtiere aufscheuchen. Aus gutem Grund herrscht im gesamten Park Leinenpflicht. »Die Hundebesitzer unterschätzen die Gefahr. Es ist durchaus schon vorgekommen, dass ein frei laufender Hund ein Reh gerissen hat«, so der Jagdpächter.

Der Gebrauch des Gewehrs im Revier von Richard Onesseit ist äußerst selten, da es sich in Bürgerpark und Stadtwald nicht um ein typisches Jagdrevier handelt. »Ich habe dieses Revier nicht gepachtet, um zu jagen«, sagt Onesseit, »sondern weil mich die Tierwelt in diesem schönen Park und besonders im Stadtwald interessiert und ich sie hegen und pflegen möchte.«

Dem kann sich auch Joachim Leisse, der bereits als kleiner Junge in den Bürgerparkgewässern Stichlinge und Bitterlinge gefischt hat, voll und ganz anschließen. Gemeinsam mit Hans-Udo Graf hat er inzwischen die Fischereirechte für die insgesamt elf Hektar großen Seen und Wasserläufe gepachtet. Wenn er heute zur Angel greift, hofft er allerdings auf einen kapitalen Hecht oder einen schmackhaften Aal.

Drei weitere Herren haben eine Angelerlaubnis und dürfen ebenfalls im Park angeln. Da der Bürgerpark unter Denkmalschutz steht, ist die Anzahl der Angler auf fünf begrenzt. Wichtiger als das Angeln selbst ist dem ehemaligen Berufsschullehrer und Ausbilder bei der Landesjägerschaft die genaue Beobachtung der Gewässer und des Fischbesatzes. »Hechte und Karpfen setzen wir aus, die kleinen Bitterlinge haben wir mal ausgesetzt, wissen aber nicht, ob sie noch da sind.«

Alles andere – das sind vor allem Schleien, Rotaugen, Rotfedern, Brassen und Barsche – reguliert sich seit Jahrzehnten von selbst. Die Pächter und ihre Mitangler haben die Entwicklungen genau im Blick, wissen, wo sich große Hechte und alte Aale mit Vorliebe aufhalten und wo sie in der Vorweihnachtszeit den richtigen Karpfen finden. Bei den kleineren Fischen machen den Anglern einige »Wilderer« Konkurrenz, gegen die sie völlig machtlos sind: Die Kormorane im Park sind außerordentlich verfressen und freuen sich über das reiche Fischvorkommen – für das auch die Angler sorgen. Das ist ärgerlich für die Pächter, aber solange die Vögel keinen ganzen Weihnachtskarpfen runterschlingen, wollen sie nicht zu sehr klagen. »Das ist eben die Natur. Und mit der will man beim Angeln ja auch im Einklang sein«, sagt der Pächter und wirft seine Angel wieder aus.

Angelpächter Wilhelm Vogenbeck mit Jungfischen für die Parkgewässer

Vom Waldhäuschen zum modernen Restaurant

Das Kaffeehaus am Emmasee

Es ist anders als alle anderen Gebäude im Bürgerpark. Schnörkellos modern, gradlinig, transparent und von schwebender Leichtigkeit präsentiert sich das Kaffeehaus am Emmasee den Spaziergängern, die aus südlicher Richtung auf das Gebäude blicken. Ein Solitär unter den zumeist historischen Bauwerken im Park. Das »emma am see«, so sein heutiger Name, scheint über dem Wasser zu schweben. Umlaufende raumhohe Panoramafenster ermöglichen aus dem Restaurant heraus von nahezu allen Plätzen den Blick über das Wasser auf die kleine Insel im See, die Ruderboote und die mächtige Baumkulisse.

Das Kaffeehaus wurde an diesem Standort am 30. April 1964 eröffnet, seine zwei Vorgänger standen am gegenüberliegenden Südufer des Sees etwa dort, wo sich heute der Minigolfplatz befindet. Matthias Cordes, seit 1. Oktober 2014 Pächter des Hauses, ist froh über den jetzigen Standort: »Der schöne Blick und die sonnige Lage sind für unsere Gäste ideal, egal, ob sie im Restaurant sitzen oder mit den ersten Sonnenstrahlen die Außenterrasse nutzen.« Innen bietet das zuletzt im Frühjahr 2015 renovierte Haus auf zwei Ebenen Platz für 210 Besucher, draußen

für etwa 250 Gäste. 30 weitere Plätze hat das im Frühsommer 2017 in den Räumlichkeiten der früheren Pächterwohnung eröffnete Eiscafé, in dem Eisiges aus eigener Herstellung offeriert wird.

Ein Kaffeehaus am See als Attraktion hatte Gartenkünstler Wilhelm Benque von Anfang an in seinen Plänen für die Gestaltung des Bürgerparks vorgesehen. »Waldhäuschen im Laubholz« nannte er seine bescheidene Variante eines Ausflugslokals, das im Frühjahr 1867 von dem Gastwirt Heinrich Scholle auf eigene Kosten als leichtes, hölzernes Gebäude nach Plänen des Architekten Heinrich Müller errichtet wurde. Diese erste Kaffeewirtschaft war eine schlichte Halle mit Veranda und einem Musikpavillon. Der Andrang war zu allen Jahreszeiten enorm, sodass im Sommer zusätzliche Plätze unter Sonnenzelten und Lauben geschaffen wurden. Drei Jahrzehnte bestand die Wirtschaft, dann wurde 1897 in nur wenigen Monaten nach Plänen der Architekten Klingenberg & Weber ein ungleich größeres und weit dekorativeres Kaffeehaus im Tiroler Stil an gleicher Stelle errichtet. Die Kosten des Neubaus übernahm der Brauereidirektor Lambert Leisewitz. Er war es auch, der ab 1906 den Anbau von Veranden, Terrassen und Pavillons finanzierte. Schlussendlich verfügte das Kaffeehaus damals über stattliche 3.300 Sitzplätze.

Das Ende dieses Prachtbaus kam im Zweiten Weltkrieg – Brandbomben zerstörten zuerst den Musikpavillon und die Veranden, das eigentli-

Oben: Das erste Kaffeehaus/Waldhäuschen (1867–1897)
Rechts: Das zweite Kaffeehaus (1897–1945)

che Gebäude wurde am 26. November 1943 bei einem Luftangriff schwer beschädigt. Den Rest erledigten notleidende Bremer, die sich heimlich aus den Trümmern Bau- und Brennholz holten.

Auf den verbliebenen Mauerresten betrieb von 1951 bis 1957 der Gastwirt Max Becker ein Restaurationszelt als Provisorium. Parallel diskutierte der Vorstand des Bürgerparkvereins Pläne für ein neues festes Kaffeehaus, für das eindeutig Bedarf bestand. Sie scheiterten jedoch am fehlenden Geld. Das änderte sich erst Anfang der 1960er-Jahre, als man auf die Idee kam, die Erträge aus der Bürgerpark-Tombola über mehrere Jahre für den Neubau anzusparen. 1960 wurden die Bremer Architekten Hans Budde und Carsten Schröck mit den Planungen beauftragt, die sie im Oktober 1961 abschlossen. Sie präsentierten dem Verein nicht nur ein modernes, zeitgemäßes Gebäude, sie brachten auch die Verlagerung des Kaffeehauses vom Süd- an das Nordufer des Emmasees ins Gespräch und stießen damit auf Zustimmung bei den Vorständen des Bürgerparkvereins. Eher skeptisch stand der damals amtierende Parkdirektor Hugo Riggers den Architektenvorschlägen gegenüber und nahm darum konsequenterweise auch nicht an der Einweihung des Neubaus am 30. April 1964 teil. Eine breite öffentliche Debatte über diesen so ganz anderen Neubau im Bürgerpark gab es allerdings nicht, die Traditionalisten akzeptierten das für damalige Verhältnisse hypermoderne Gebäude mehr

Bauarbeiten am dritten Kaffeehaus 1963/64 und alte Ansichten nach der Fertigstellung

oder minder stillschweigend. Die endgültigen Kosten beliefen sich nach der abschließenden Fertigstellung des Obergeschosses im Jahre 1969 auf 720.000 DM. Heute gehört dieser so ganz andere, moderne Bau zum Bürgerpark wie die Melchersbrücke oder die Meierei.

Das neue Kaffeehaus am Emmasee unter der Leitung des langjährigen Pächters Hans-Werner Steffens wurde von der Bevölkerung sehr gut angenommen. Und auch der Bund Deutscher Architekten (BDA) reagierte wenige Jahre nach der Eröffnung positiv: Sie verliehen dem Gebäude mit seinem stringenten Entwurf 1974 den renommierten BDA-Preis. Zehn Jahre später wurde das Bauwerk – wie der gesamte Bürgerpark – unter Denkmalschutz gestellt, nachdem es 1980 noch einmal vom Dach bis zum Keller aufwendig für eine Million DM saniert wurde.

Daher müssen seit 1984 auch in diesem Gebäude alle baulichen Veränderungen nicht nur mit der Parkverwaltung, sondern auch mit der Denkmalpflege abgesprochen werden. Für den aktuellen Pächter stellt dies kein Problem dar. Die Veränderungen der letzten Jahre erfolgten stets in guter Zusammenarbeit zwischen Pächter, Parkverwaltung und Denkmalpflege.

Heute ist das »emma am see« sieben Tage in der Woche für seine Gäste da. 45 Beschäftigte kümmern sich um das Wohl der Besucher. Familien und Freunde jeden Alters treffen sich nach einem Parkspaziergang. Ob warme oder kalte Küche, »Kaffeesieren« am Nachmittag oder ein Eis auf die Hand – jeder ist herzlich willkommen. Das »Waldhäuschen im Laubholz«, wie es sich Wilhelm Benque gewünscht hat, ist modern und groß geworden.

Das »emma am see« heute

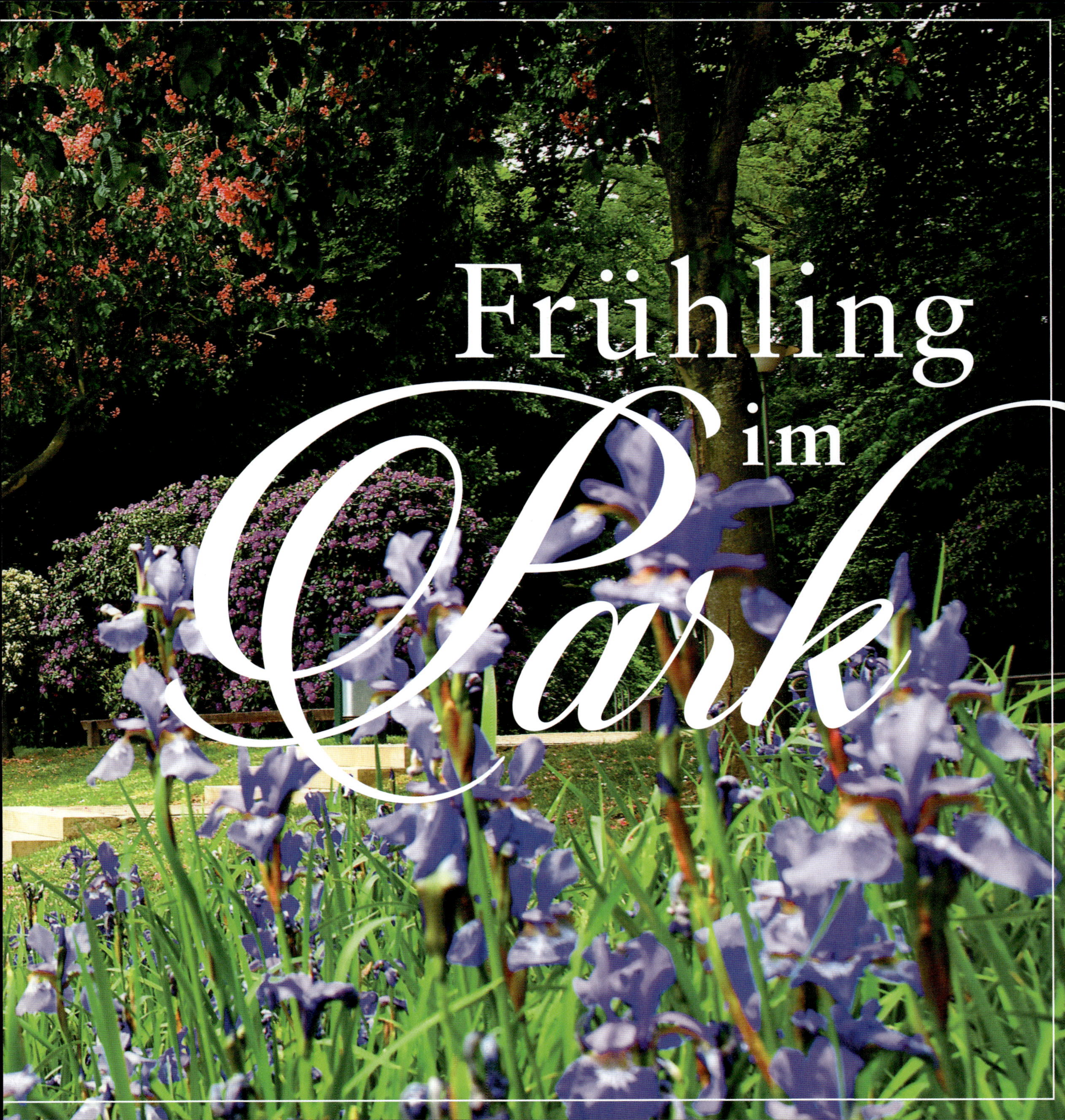
Frühling
im
Park

Wo der Parkdirektor wohnt

Der erste Frühlingsgruß: Die Krokuswiese vor dem Schweizerhaus

Das Schweizerhaus

Im Bürgerpark kann es schon einmal passieren, dass man vor lauter Bäumen die Bauwerke vergisst. Denn von denen gibt es mehr, als man auf den ersten Blick vermuten mag: Rund 50 ganz unterschiedliche Bauwerke gehören ebenso zum Bürgerpark wie Eichen oder Buchen. Das sind Brücken, Brunnen, Pavillons und Schutzhütten, aber auch 20 »feste« Gebäude und Gebäudeensembles. Sie beherbergen nicht nur Wohnungen, Werkstätten oder Stallungen für Tiere, sondern prägen auch auf mehr oder weniger dezente Art das Gesicht des Bürgerparks. So vor allem das markante Park Hotel und die gastronomischen Betriebe, aber auch die martialischen Bunker als Relikte des Zweiten Weltkriegs und natürlich das Schweizerhaus mit dem umliegenden Betriebshof, das eigentliche Herz des Parks. Dort lebt und arbeitet der Parkdirektor, dort befinden sich die Büros und Räume der Verwaltung wie auch der im Park beschäftigten Gärtner und Handwerker.

Alle Häuser haben ihren Nutzungszweck, fast alle Gebäude dienen zudem im Gartenkunstwerk Bürgerpark als Blickfang in der wohlstrukturierten Anlage. So auch das Schweizerhaus in der Nachbarschaft zum Schwanenteich und Franzosenhügel. Nicht so auffällig wie etwa die Meierei platziert, gerät es doch unweigerlich in den Blick der Passanten, die den Park vom Stern kommend über den Franzosenweg betreten. Besonderer Blickfang ist neben oder vielmehr vor dem Schweizerhaus alljährlich die blühende Krokuswiese. Tausende Krokusse strecken ab Februar ihre Köpfchen aus der Erde und gelten manchem Bremer als untrügliches Zeichen für das beginnende Frühjahr. »Wenn die Krokuswiese blüht, kommt der Frühling nach Bremen«, hielt einst der ehemalige Bürgermeister Henning Scherf fest.

Aber auch ohne die blühende Pracht ist das Schweizerhaus ein echtes Schmuckstück – dessen Name nicht von ungefähr kommt: Die festen Gebäude, die der Gartenkünstler und erste Parkdirektor Wilhelm Benque in seinem Generalplan vorgesehen hatte, sollten in ihrer Anmutung Landhäusern des Alpenraums und des europäischen Nordens ähneln und so die überregionale Bedeutung des Park atmosphärisch unterstreichen. Vorgesehen hatte Benque dieses ursprünglich sehr kleine »Wald-

Blick auf das Schweizerhaus über den Schwanenteich

Das Schweizerhaus im Laufe der Jahrzehnte und Gedenktafel an der Frontseite

häuschen« als Wohnsitz für einen Parkwärter – die heutige Größe erhielt das Gebäude erst nach und nach durch mehrere Erweiterungen.

1871 fand sich für den im März 1872 vollendeten Bau des Schweizerhauses ein Mäzen: der Bremer Geld- und Wechselmakler Heinrich Christian Dieckmann, an dessen Unterstützung noch heute eine Gedenktafel an der Frontseite erinnert. Wer den Entwurf für das neun mal neun Meter große Haus lieferte, konnte nie geklärt werden. Infrage kommen der Architekt Carl Scheinpflug und der ausführende Bauunternehmer Johann Friedrich Kumpfer. Das im Dach und Obergeschoss reich mit Blendleisten und Firstaufsätzen verzierte quadratische Gebäude beherbergte hinter einem Windfang und einer Diele zwei kleinere und zwei größere Räume. Darin wohnte nicht nur der Parkwärter, dort war auch die Geschäftsstelle des Bürgerparkvereins mit Büro und Sitzungszimmer untergebracht. Schnell erwies sich das Schweizerhaus als zu klein für diese vielfältige Nutzung – von 1881 bis 1886 wurde das Gebäude in drei Schritten deutlich vergrößert. 1889 erhielt das Haus auf seiner Südwestseite einen weiteren Anbau mit zwei großen Räumen, bis 1908 gab es weitere kleinere Umbauten. Dann hatte das Schweizerhaus seine bis heute bestehende äußere Form gefunden. Seitdem hat es lediglich noch Veränderungen am Unterbau der Veranda und Modernisierungen im Innern bis hin zu einer aufwendigen Restaurierung des Gesamtgebäudes im Jahr 2009 gegeben.

Seit 1884 dient das Schweizerhaus als Dienstwohnung für die Parkdirektoren – lediglich der erste Direktor Wilhelm Benque hat nie dort gewohnt. Bis 1908 war Carl Ohrt im Amt, ihm folgten von 1909 bis 1918 Theodor G. Karich, von 1919 bis 1963 Hugo Riggers, von 1964 bis 1988 Günter Reinsch, von 1989 bis 2012 Werner Damke und seit 2012 Tim Großmann.

Wohnung und Büro des Parkchefs wurden nach verschiedenen Übergangslösungen im Jahr 1911 endgültig getrennt – damals entschloss sich der Bürgerparkverein zum Neubau eines Verwaltungsgebäudes in unmittelbarer Nachbarschaft zum Schweizerhaus. 1972 konnte dieser Bürotrakt deutlich vergrößert werden. Parallel entstand ein Betriebshof für die Gärtner und die technischen Mitarbeiter, der ebenfalls in mehreren Schritten bis 1990 auf den heutigen Stand erweitert wurde. Jüngste Errungenschaft in diesem Komplex ist das 1995 eingeweihte Informations- und Schulungszentrum, in dem Umweltbildung für Kinder und Erwachsene angeboten wird.

Für den jeweils amtierenden Bürgerparkdirektor ist die unmittelbare Nachbarschaft von Wohnung und Büro Segen und Fluch zugleich. Der Weg zur Arbeit ist denkbar kurz, nur ein paar Schritte durch den Garten – mancher Pendler wird ihn darum beneiden. Und auch das Wohnen im Park ist ein Privileg, das alle Direktoren zu schätzen wissen bzw. wussten. Allerdings gibt es unter diesen Bedingungen auch kaum Abstand von der täglichen Arbeit. Der Direktor ist quasi immer im Dienst. Gerne suchen Parkbesucher zu jeder Zeit mit ihren Anregungen und Fragen das Gespräch mit den Bewohnern des Hauses – und auch am Wochenende kommt es immer wieder zu unvorhergesehenen Ereignissen. Aber für »seinen« Park ist der Parkdirektor auch außerhalb der Öffnungszeiten immer gerne im Einsatz.

Ein Generationen-Geschenk

Spenden macht Spaß – hier den Brüdern Emigholz

Spenden für den Bürgerpark

Ein Baum oder eine Bank, kleine und große Geldgeschenke oder ein Tag ehrenamtlicher Arbeit – wenn Menschen, Firmen und Institutionen den Bürgerpark unterstützen wollen, dann sind der Fantasie kaum Grenzen gesetzt. An den Vorstand des Bürgerparkvereins und den Parkdirektor treten immer wieder Freunde des Parks heran, die mit Spenden helfen möchten. Dieses Wohlwollen der Bremerinnen und Bremer ist unerlässlich, da der Park ohne Steuergelder finanziert wird.

Dass der Park sich darüber nicht nur freut, sondern auf Unterstützung auch angewiesen ist, liegt an einer bremischen Besonderheit: Die Kosten für Pflege und Unterhalt der 202,5 Hektar großen Grünanlage – pro Jahr rund 2,5 Millionen Euro – muss der privat finanzierte Bürgerparkverein über Mitgliedsbeiträge seiner rund 3.000 Mitglieder, über Spenden, Erbschaften und andere Einnahmen, z. B. durch die Verpachtung der gastronomischen Betriebe oder die Bürgerpark-Tombola, erwirtschaften. Das ist nicht nur seit der Gründung des Vereins 1865 »gute alte Tradition«, sondern unter den Parks dieser Größe in Deutschland auch einmalig. Schon der insgesamt 20 Jahre dauernde Bau der Anlage auf der

ehemaligen Bürgerweide mit umfangreichen Geländemodulierungen und der Anpflanzung von rund 280.000 Gehölzen nach Plänen des Gartenarchitekten und ersten Parkdirektors Wilhelm Benque wurde komplett aus Spenden, immerhin 1,4 Millionen Reichsmark, finanziert. Auch der zwischen 1906 und 1909 angelegte Stadtwald mit mehreren Hunderttausend neugepflanzten »Niederhölzern, Alleebäumen, Laub- und Nadelbaumpflänzlingen« konnte nur durch die Großzügigkeit des Bremer Petroleumkaufmanns Franz Ernst Schütte, dem bis heute größten Mäzen des Parks, realisiert werden.

An diesem Prinzip hat sich trotz gravierender Existenzkrisen unmittelbar nach den beiden Weltkriegen und während der Hyperinflation 1923 bis auf den heutigen Tag nichts geändert. Der Verein vertraut darauf, dass die Bremerinnen und Bremer ihre Liebe zum Bürgerpark auch weiterhin ausdrücken, indem sie »ihren« Park entsprechend unterstützen. Das geschieht in bemerkenswert vielfältiger Weise. Neben der jährlichen Neujahrsspende und der Bürgerpark-Tombola sind das u. a. Zuwendungen von Firmen und Privatpersonen, meist zu besonderen

Links: Klabenverkauf der Bremer Bäckerinnung zugunsten des Bürgerparkvereins
Oben: Eine Spende der Firma Sikora

Anlässen. Diese Spenden werden dem Park allgemein oder beispielsweise für spezielle Projekte, z. B. auf den Spielplätzen oder im Tiergehege zur Verfügung gestellt. Es kommt aber auch vor, dass Parkfreunde Aktionen organisieren, deren Erlös dem Park zugutekommt. Weinhändler verkaufen zum Beispiel einen speziellen Bürgerpark-Wein, eine Künstlerin entwickelte ein Bürgerpark-Spiel und gibt einen Teil ihrer Einnahmen an den Park weiter. Geldwert sind auch gemeinnützige Aktionen wie die Spende von Spielgeräten oder Futterraufen, die Auszubildende im Unterricht anfertigten, oder die Entsendung von Mitarbeitern aus Firmen und Behörden am sogenannten »Day of Caring«, die dann einen Tag unentgeltlich im Park arbeiten.

Erbschaften tragen ebenso zur Finanzierung bei wie die im Jahr 2000 gegründete gemeinnützige »Gräfin Emma Stiftung zur Erhaltung des Bremer Bürgerparks«, die eine kleine, aber regelmäßige und gesicherte Einnahmequelle gewährleistet. Der Verein veranstaltet zudem ein großes Benefizkonzert mit renommierten Orchestern in der Glocke.

Eine ganz besondere Form der Unterstützung ist die Baumspende. Anlässlich familiärer Festtage, Firmenjubiläen, im Gedenken an einen lieben Menschen oder einfach aus Verbundenheit mit dem Park stellen die Spender der Parkverwaltung einen Geldbetrag zur Verfügung, damit »ihr« Baum im Park gepflanzt werden kann. Zur Freude des Parkdirektors ist diese Form der Unterstützung so beliebt, dass nahezu alle der erforderlichen Neuanpflanzungen damit finanziert werden können. Lediglich an entlegenen Ecken des Parks zahlt die Parkverwaltung neue Gehölze aus dem eigenen Etat. Oft haben Baumspender klare Vorstel-

lungen zu Baumart und Standort »ihres« Baumes. Solche Wünsche erfüllt der Parkdirektor nach Möglichkeit gerne, wenn die historischen Vorgaben der Pflanzpläne von Wilhelm Benque es zulassen.

Die Pflanzung erfolgt im Frühjahr. Im Frühsommer sieht man dann den Parkdirektor immer wieder mit kleinen Gruppen durch den Park ziehen und an einem neu gepflanzten Baum Halt machen. Das ist dann der ganz besondere Moment, wenn der Spenderin oder dem Spender der Baum »übergeben« wird. Spender, die einen bestimmten Standort im Auge haben, warten auch schon mal zwei bis drei Jahre, bis »ihr« Baum im Zuge der Parkpflege an der gewünschten Stelle gepflanzt werden kann.

Für die Baumspende gibt es einige Regeln, die maßgeblich von der Gestaltungsart des Parks und seinem Status als Gartendenkmal bestimmt werden. Nicht winterharte Arten wie etwa Olivenbäume oder auch gut gemeinte »Umtopfungen« aus dem eigenen Garten können daher nicht berücksichtigt werden. Gepflanzt werden überwiegend einheimische Laubbäume in einer für den Park sinnvollen Mindestgröße. Auf besonderen Wunsch und bei höheren Spenden können auch größere Bäume gepflanzt werden.

Sollte ein Spender den Standort seines Baumes vergessen haben, hilft übrigens ein Blick ins Baumkataster der Parkverwaltung: Dort ist jeder Spenderbaum exakt verzeichnet, damit auch Enkel und Urenkel ihren Familienbaum wiederfinden. Denn wer einen Baum im Bürgerpark schenkt, der schenkt für viele Generationen!

Oben: Baumspende des Kindergartens Altmannstraße
Rechts: Offizielle Übergabe eines Spenderbaumes

Im Park Wurzeln schlagen

Die neuen Bäume

Jedes Jahr im März bietet sich vor dem historischen Holztor der Bürgerparkverwaltung ein ganz besonderes Bild: In langen Reihen stehen dort stattliche Bäume mit dicken Erdballen und warten darauf im Park gepflanzt zur werden. Regelmäßig werden sie von neugierigen Parkbesuchern und vor allem von Baumspendern begutachtet, die sich fragen, ob ihr Baum wohl schon dabei ist.

Denn nachdem zu Beginn des Jahres zunächst die kranken und nicht mehr verkehrssicheren Bäume gefällt wurden und der Kampfmittelräumdienst die gerodeten Flächen freigegeben hat, können die Baumbestände im Park endlich wieder ergänzt werden.

Zur Vorbereitung der neuen Pflanzsaison werden während des Winters in der Parkverwaltung detaillierte Pflanzpläne erstellt und die Anzahl der neuen Bäume und der benötigten Arten ermittelt. Maßgeblich sind dabei stets die Planungen von Wilhelm Benque, um das Erscheinungsbild des denkmalgeschützten Parks auch für die folgenden Generationen zu erhalten. Auch wenn der Park durch einheimische Baumarten wie Eiche, Buche, Esche und Linde geprägt ist, so hat auch schon Benque gerne »Exoten« in das Parkbild eingefügt, um die Attrak-

tivität der Anlage zu erhöhen. Und so ist es keine Seltenheit, dass sich die oft mehr als 100 neuen Bäume pro Jahr aus mehr als 25 verschiedenen Arten und Sorten zusammensetzen.

Bevor die eigentlichen Pflanzungen beginnen können, werden die Flächen durch die Parkgärtner hergerichtet: Die gröbsten Spuren der Fällarbeiten werden beseitigt und die angrenzenden Gehölze geschnitten. Oft wird die Gelegenheit genutzt, alte Entwässerungsgräben wieder freizulegen, um die Standortbedingungen für die neuen Bäume zu verbessern.

Die Stubben der gefällten Bäume verbleiben meist in der Fläche und bilden im »Vergehen« einen wichtigen Lebensraum, z. B. für Käfer und Pilze. Lediglich in den Rasenflächen oder wenn ein Baum exakt am selben Standort nachgepflanzt werden muss, werden die Stubben mit schwerem Gerät aufwendig herausgefräst.

Bei den Pflanzarbeiten selbst ist vor allem der hohe Grundwasserstand im Park zu beachten. Um den »Neulingen« im Park einen besonders guten Start und ein recht langes Leben zu ermöglichen, werden alle Bäume etwas höher als üblich gepflanzt, um »nasse Füße« nach Möglichkeit zu vermeiden. Dies führt – neben der fürsorglichen Pflege durch die Parkgärtner – seit Jahren zu einem sicheren Anwuchserfolg.

Zum Abschluss erhalten die neuen Bäume eine ergänzende Pflanzung aus einheimischen Sträuchern und eine Untersaat aus Wildkräutern. So sollen sich die Pflanzungen möglichst schnell in das Parkbild einfügen und als Lebensraum für die Tiere des Parks dienen.

Zuvor steht aber ab Mai erst noch die offizielle Begrüßung der »Neuankömmlinge« im Park an. Da fast alle Neupflanzungen »Spenderbäume« sind, werden diese bei angenehmerem Wetter und im frischen Blätterkleid an die schon erwartungsfrohen Baumspender übergeben.

Oben: Ankunft und Entladen der Bäume
Rechts: Pflanzen der Spenderbäume vor dem Schweizerhaus

Kleine Mechanik und große Maschinen

Schlosser Falko Räther bei der Wartung eines Traktors

Die parkeigene Schlosserei

Ein »vor der Arbeit« und »nach der Arbeit« gibt es für den Schlosser der Bürgerparkverwaltung eigentlich nicht. Immerhin schaut er vom Wohnzimmer aus stets auf sein Reich: die Metallwerkstatt des Bürgerparks.

Die liegt zwischen Malerei und Tischlerei auf dem Betriebshof am Schweizerhaus und beherbergt alles, was das Schlosserherz begehrt: Hebezeuge und eine Grube für Fahrzeugreparaturen, Geräte für verschiedene Schweißarbeiten, Schleifmaschinen, eine elektrische Eisensäge, Werkbänke mit allen nur erdenklichen Kleinwerkzeugen und ein umfangreiches Ersatzteillager. Der Schlosser des Bürgerparks ist für alle Eventualitäten bestens gerüstet. Selbst eine Esse für Schmiedearbeiten ist Teil dieser Werkstatt. Sie wird gebraucht, wenn an den kunstvoll geschmiedeten historischen Eisenbänken mal etwas kaputtgeht oder durchrostet.

Und wann auch immer es irgendwo im Park »brennt«, wird der gelernte Schlosser, der in Personalunion auch noch Hausmeister und »Mädchen für alles« ist, gerufen. Von streikenden Motorsägen über defekte Neonröhren oder Traktoren, die zum TÜV müssen – Falko Räther kann Abhilfe schaffen und kümmert sich gerne.

Zuständig ist der Schlosser für alle Gebäude im Bürgerpark – mit Ausnahme des Park Hotels – und für den umfangreichen Maschinenpark. Reparaturen und Wartung sind sein Metier. Wenn an den Geräten ein Schaden gemeldet wird, wenn auf den Spielplätzen eine Wippe hakt, wenn Schranken, Tore oder Zäune kaputtgehen oder wenn es in den Häusern auf dem Gelände Probleme mit der Elektrik oder in den sanitären Anlagen gibt, dann ist Räther gefragt. Das wissen seine Kollegen sehr zu schätzen.

Ein besonderes Augenmerk legt der Schlosser und Mechaniker auf den Maschinenpark. Vom Radlader bis zum Rasenmäher – die Maschinen im Bürgerpark müssen permanent gewartet und bei Bedarf umgehend repariert werden. Zur Winterzeit etwa werden bei Baumfäll- und Rodungsarbeiten immer wieder die Ketten der Motorsägen oder der Buschhacker durch im Holz verborgene Bombensplitter aus dem Zweiten Weltkrieg beschädigt. Ehe die Maschinen dann tagelang zur Instandsetzung außer Haus gegeben werden und nicht genutzt werden können, zaubert der Schlosser in seiner Werkstatt und repariert das meiste im Handumdrehen. Das gilt auch für den umfangreichen Fuhrpark, der aus Kostengründen nicht alle paar Jahre durch Neufahrzeuge ersetzt werden kann, sondern möglichst lange betrieben werden muss. Betriebswirtschaftlich macht das aber nur Sinn, wenn jederzeit eine gute und schnelle Wartung sichergestellt ist. »Ist sie«, bestätigen Schlosser und Bürgerparkdirektor unisono. Lange Ausfallzeiten sind hier die absolute Ausnahme.

Oben: Zusammenbau der Anleger der »Marie«
Rechts: Wartung des Maschinen- und Geräteparks

Grande Dame des Parks

Die »Marie«

Sie ist eine elegante Dame, die »Marie«. Vorne ein fast senkrechter Steven, der schlanke, flache Rumpf edel mit dunklem Mahagoniholz beplankt, mittschiffs der Steuerstand und am Heck die Speckflagge – so gleitet das Ausflugsboot nahezu geräuschlos über die Wasserzüge und Seen des Bürgerparks.

Am 1. Mai eines jeden Jahres startet die Saison der Linienschifffahrt im Bürgerpark. Bis Ende September verkehrt die »Marie« dann freitags bis sonntags und an Feiertagen nach einem festen Fahrplan auf ihrer Route. Vier anderthalbstündige Rundtörns macht das Boot am Tag, auf denen es Anlegestellen am Meiereisee und Emmasee, am Tiergehege und nahe der Waldbühne anfährt. An Bord haben neben dem Skipper und einem Maat maximal 30 Personen Platz. Der Skipper steuert das 12,60 Meter lange und gut zwei Meter breite Boot, der Maat hilft beim Ein- und Aussteigen der Passagiere, verkauft die Fahrscheine und informiert die Gäste während der Fahrt über Sehens- und Wissenswertes.

Dem Vergnügen so einer Seefahrt gab man sich schon Anfang des 20. Jahrhunderts hin. Ab 1908 verkehrte die erste »Marie«, benannt nach der Frau des damaligen Meierei-Pächters Hagemann, auf den Parkgewässern. Angetrieben von einem für die damalige Zeit hochmodernen Petroleummotor fuhr sie ab 1913 gemeinsam mit ihrem Schwesterschiff »Meierei« zwischen Emmasee und Meiereisee. Beide Schiffe boten bis zu 50 Ausflüglern Platz an Bord.

Als Folge des Ersten Weltkriegs ruhte der Betrieb bis 1921. Gegen Ende des Zweiten Weltkriegs wurden »Marie« und »Meierei« stark beschädigt, der motorisierte Bootsverkehr im Bürgerpark war damit vorerst Geschichte.

Die auch nach 60 Jahren lebendigen Erinnerungen vieler Bremer an die Ausflüge mit »Marie« und »Meierei« ließen im Vorstand des Bürgerparkvereins die Idee reifen, den Motorbootbetrieb wiederzubeleben. Linienfahrten für Parkbesucher und Charterfahrten für Schulklassen, Firmen und private Anlässe sollten den Park auf eine andere Art und Weise erlebbar machen. Es musste nur noch ein Weg der Finanzierung für ein neues Boot, Anleger, Bootshaus und den laufenden Betrieb gefunden werden. Dies gelang schließlich mit Unterstützung zahlreicher privater Spender und des Senators für Wirtschaft und Häfen, über den die gemeinnützige Bremer Bootsbau Vegesack GmbH mit dem Bau der

Oben: Die alte »Marie« 1913
Unten: Der Chefskipper bei der Wartung der Technik

neuen »Marie« beauftragt wurde. Grundlage für den Nachbau waren die Originalpläne der ersten »Marie«, die von der Vegesacker Lürssen Werft zur Verfügung gestellt wurden. Veränderte Sicherheitsbestimmungen und der Wunsch des Auftraggebers, das Boot mit einem umweltfreundlichen batteriebetriebenen Elektromotor und einem Bugstrahlruder auszurüsten, führten lediglich zu kleinen Anpassungen. Im März 2010 wurde die »Marie« schließlich auf Kiel gelegt. Die für das Frühjahr 2012 vorgesehene Inbetriebnahme verzögerte sich dann allerdings wegen der Insolvenz der Bremer Bootsbau Vegesack GmbH. In dieser schwierigen Situation half die renommierte Lesumer Bootswerft Winkler und vollendete den Neubau. Am 19. Mai 2013 wurde die neue »Marie« getauft und konnte im Anschluss zu ihrer Jungfernfahrt starten.

Noch während an der »Marie« gearbeitet wurde, hatte sich mit dem ehemaligen Flugingenieur und leidenschaftlichen Skipper Peter Meyer ein Mann gefunden, der das neue Motorboot ehrenamtlich fahren wollte und zudem die erforderlichen Lizenzen besaß. Schnell gewann Peter Meyer weitere erfahrene Skipper, die die »Marie« im Linien- und Charterverkehr steuern wollten. Die Maate kommen von Beginn an über den Bremer Beschäftigungsträger »bras e. V.«, der auch die »Bremer Torf-

kähne« betreibt. »Ein Glücksfall«, sagt Peter Meyer, der die Dienste der insgesamt elf Kapitäne auf kleiner Bürgerpark-Fahrt organisiert und mit Thomas Wessel ständig auf den technisch einwandfreien Zustand des Bootes achtet. Die engen und kurvenreichen Gewässer des Bürgerparks erfordern die volle Konzentration der Skipper. Um die zahlreichen Fragen der Fahrgäste kümmern sich daher die Maate. Sie sind es auch, die das Boot vor der ersten Abfahrt am Morgen herrichten und am Abend von den Spuren eines langen Tages befreien. Das Fahren mit der »Marie« ist für den Chefskipper der pure Genuss. Freundliche Passagiere, Kinder, die er mit einer kurzen Übernahme von Steuer und Kapitänsmütze glücklich machen kann, fröhliche Hochzeits- und Taufgesellschaften, der Reiz der verschiedenen Tages- und Jahreszeiten an der vier Kilometer langen Strecke – das und die vielen kleinen Erlebnisse und Begegnungen machen ihm das zeitaufwendige Engagement leicht.

Nach der letzten Fahrt im schon herbstlichen Park bringen die Skipper »ihre Marie« mit ein bisschen Wehmut zur Winterruhe ins Bootshaus. Aber der Saisonstart kommt ja schon im Mai. Denn schon nach wenigen Jahren ist die »Marie« aus dem sommerlichen Bürgerpark nicht mehr wegzudenken.

Oben links: Ankunft der »Marie« im Park im März 2013
Rechts: Der Anleger am Emmasee und Skipper und Maat bei der Arbeit

Der »Generalplan« von Wilhelm Benque, 1878

Ohne ihn geht es nicht

Der Bürgerparkverein

Der Bürgerparkverein ist typisch bremisch und hat, wie die Seenotretter, der Kunstverein oder der Verein von Freunden des Focke-Museums, eine lange Tradition. Mitglieder dieser Institutionen machen von ihrem Engagement wenig Aufheben und sind zufrieden, dass sie mit Beiträgen die »gute hanseatische Sache« unterstützen können. Und sie freuen sich natürlich und sind stolz, wenn »ihr« Park oder eben »ihre« Organisation prosperiert und positive Schlagzeilen macht. Der Bürgerparkverein ist zudem besonders, weil er der alleinige Träger des Parks ist und seit der Gründung die private Finanzierung sicherstellt – für eine Anlage dieser Größe ist er damit in Deutschland die absolute Ausnahme. Ungewöhnlich ist überdies, dass der Verein nicht die übliche Klassifizierung »e. V. (eingetragener Verein) im Namen führt, da es diese Einstufung zur Gründungszeit des Vereins noch nicht gab. Die Gemeinnützigkeit ist gleichwohl gegeben und wurde der Organisation vom Bremer Senat per Beschluss verliehen.

Große Schlagzeilen hat der Bürgerparkverein an sich seit seiner Gründung fast nie gemacht – einzige Ausnahme ist ein in den 1980er-Jahren in die Öffentlichkeit getragener Streit über das rechte Maß bei Baumfällungen und die Verwendung von Schlacken im Wegebau sowie die angeblich missbräuchliche Verwendung von Spendengeldern, der gezielt von Akteuren der damaligen Umweltbewegung von außen in den Verein getragen wurde. Die haltlosen Anschuldigungen in den Medien und in den Versammlungen des Vereins hätten fast zur Auflösung des Vorstands unter dem Präsidenten Friedrich Rebers geführt. Eine bis dahin einmalige fachliche Unterstützung des Bürgerparkvereins durch das Innen- und Umweltressort und der Zusammenhalt der Mitglieder haben Schlimmeres verhindert und zur Einsetzung eines fachwissenschaftlichen Beirates geführt, der bis heute Bestand hat. Davon abgesehen führte der Vereinsvorstand den Bürgerpark unaufgeregt und sicher durch gute und – nach den beiden Weltkriegen – auch durch sehr schwere Zeiten.

Für Bremer Kaufleute war es seit Gründung des »Vereins für die Bewaldung der Bürgerweide«, der 1877 seinen endgültigen Namen »Bürgerparkverein« erhielt, eine Ehre und zugleich eine Selbstverständlichkeit, sich für den Park und damit für das Allgemeinwohl und ihre Heimatstadt Bremen zu engagieren. Das taten sie nicht nur, indem sie sich in den kleinen Vorstand oder in den bis zu 60 Personen großen Ausschuss wählen ließen. Sie warben in der bremischen Gesellschaft auch erfolgreich um Spenden und gingen als Mäzene persönlich mit gutem Beispiel voran.

Stellvertretend für das Engagement vieler bremischer Familien sind Franz E. Schütte und sein Sohn Franz Albrecht Schütte zu nennen, die den Bürgerparkverein jeweils mehr als 30 Jahre als Präsidenten führten und den Park in herausragender Weise finanziell förderten. Unterstützt

DER BÜRGERPARK Verein

Senatsempfang in der Oberen Rathaushalle anlässlich des 150. Jubiläums des Bürgerparkvereins

Herbstbegehung des Ausschusses des Bürgerparkvereins

wurden sie hierbei von ihrem Bruder und Onkel Carl Schütte, der 40 Jahre dem Ausschuss angehörte. Diese Repräsentanten haben das Bild des Vereins nachhaltig geprägt. »Tue Gutes und rede nur drüber, wenn es dem Bürgerpark dienlich ist«, – nach dieser Maxime haben auch spätere Präsidenten wie Friedrich Rebers und seit 2004 Joachim Linnemann gehandelt.

Der Vorstand des Bürgerparkvereins versteht sich als Kollegialorgan mit einem Präsidenten sowie stellvertretendem Präsidenten, Schatzmeister und bis zu vier weiteren Beisitzern, die alle für jeweils drei Jahre von der Mitgliederversammlung gewählt werden. An den regelmäßigen Vorstandssitzungen nimmt auch der Parkdirektor teil.

Begleitet wird die Vorstandsarbeit vom Ausschuss, dem bis zu 60 Mitglieder angehören – im Rotationsverfahren wird Jahr für Jahr ein Drittel der Ausschussmitglieder von der Mitgliederversammlung neu gewählt. Einmal im Jahr treffen sich Vorstand und Ausschuss zu einer gemeinsamen Sitzung, in der die Vorstandsmitglieder Rechenschaft über ihre Arbeit ablegen und dem Ausschuss Rede und Antwort stehen. Der Ausschuss versteht sich als ein erweitertes Beratungsgremium für den Vorstand und den Parkdirektor.

Neben der gemeinsamen Sitzung ist die jährliche Herbstbegehung der zweite wichtige Termin für die Ausschussmitglieder, bei der der Parkdirektor Neuerungen, Probleme und anstehende Projekte im Park erläutert. Traditionell endet dieser Termin in einer der Parkgastronomien bei einem zünftigen Eintopf und ausführlichen Diskussionen rund um den Park. Für viele Ausschussmitglieder ist der herbstliche Rundgang das jährliche Highlight der Vereinsarbeit.

»Es ist einfach immer eine Freude, mit eigenen Augen zu sehen, was aus den Beiträgen der rund 3.000 Vereinsmitglieder, aus den Spenden der knapp 4.000 regelmäßigen Förderer und aus allen anderen Zuwendungen geworden ist – und ein Rundgang durch den Park ist ja sowieso immer ein Vergnügen«, so eines der Ausschussmitglieder.

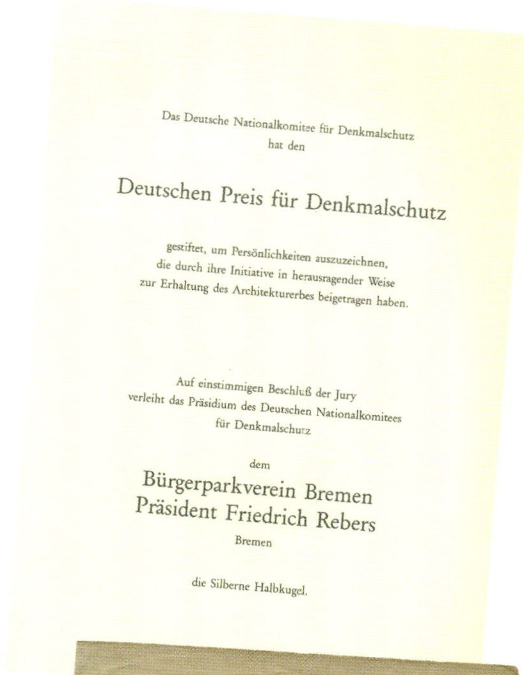
Das Deutsche Nationalkomitee für Denkmalschutz
hat den

Deutschen Preis für Denkmalschutz

gestiftet, um Persönlichkeiten auszuzeichnen,
die durch ihre Initiative in herausragender Weise
zur Erhaltung des Architekturerbes beigetragen haben.

Auf einstimmigen Beschluß der Jury
verleiht das Präsidium des Deutschen Nationalkomitees
für Denkmalschutz

dem
Bürgerparkverein Bremen
Präsident Friedrich Rebers
Bremen

die Silberne Halbkugel.

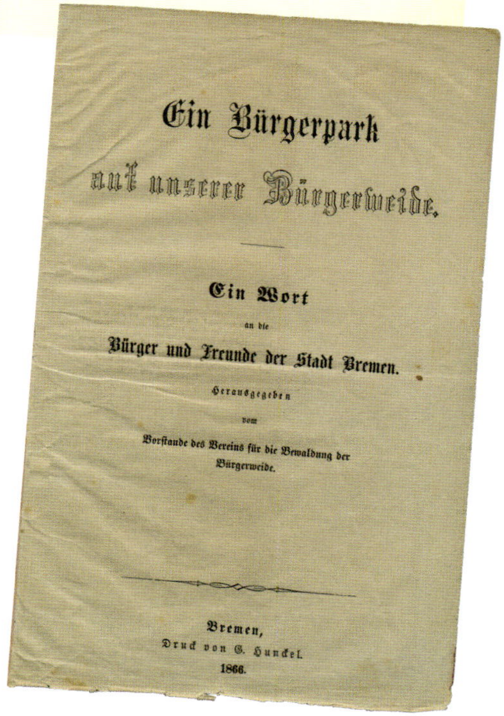
Ein Bürgerpark
auf unserer Bürgerweide.

Ein Wort
an die
Bürger und Freunde der Stadt Bremen.
Herausgegeben
vom
Vorstande des Vereins für die Bewaldung der
Bürgerweide.

Bremen,
Druck von C. Hunckel.
1866.

Urkunde des Deutschen Preises für Denkmalschutz für den Bürgerparkverein
und Werbeschrift für die Anlage des Bürgerparks von 1866

Pflanzen, pflegen

und viel mehr

Die Gärtner im Park

Wer einmal im Garten gearbeitet hat, der weiß: Ob groß oder klein und fast völlig egal ob nun Frühling, Sommer, Herbst oder Winter – es gibt immer was zu tun!

Zugegeben: Ganz egal ist die Größe dann doch nicht. Die insgesamt mehr als 200 Hektar große Anlage von Bürgerpark und Stadtwald in Ordnung zu halten, ist schon eine ziemliche Mammutaufgabe. Daran arbeiten die Bürgerparkgärtner unter der Leitung des Obergärtners bei Wind und Wetter – immer ganz nah an der Natur und dem Lauf der Jahreszeiten.

Zu Beginn eines jeden Jahres stehen deshalb vor allem Baumpflege und Baumfällungen an. Nach den herbstlichen Baumkontrollen werden in der »Ruhezeit« des Winters Bäume zurückgeschnitten oder, wo nötig, gesichert. Ziel ist stets, auch geschädigte Exemplare noch möglichst lange zu erhalten. Zu stark geschädigte Bäume werden dagegen gefällt, um jungen Bäumen Platz zu machen, die die Zukunft des Parks sichern.

Erst nach diesen wichtigen Arbeiten können auch die Neupflanzungen von Sträuchern und Bäumen beginnen.

Wenn die ersten wärmenden Strahlen der Märzsonne den Frühling ankündigen, beginnt die Pflanzzeit im Bürgerpark. Nach den von den Gärtnern eher ungeliebten Schnitt- und Fällarbeiten werden die Lücken in den Baumkulissen mit neuen Spenderbäumen ergänzt.

Währenddessen wird der Park aber auch auf die neue Saison vorbereitet. So werden die Spielplätze auf Schäden aus den Wintermonaten kontrolliert, die Minigolfanlage für den Betrieb bereit gemacht und die für den Winter entfernte Fontäne des Hollersees kommt wieder ins Wasser.

Nachdem die Krokuswiese vor dem Schweizerhaus durch ihr Erblühen quasi das »Startsignal« für den Frühling gibt, zeigen sich im Park die Farbtupfer der im Herbst gepflanzten Blumenzwiebeln. Für den Fall, dass einige Zwiebeln den Parkmäusen zum Opfer gefallen sind, haben die Gärtner stets vorgesorgt: Mit in Töpfen vorgezogenen Blumenzwiebeln können eventuelle Löcher schnell gestopft werden.

Oben: Baumkontrolle durch den Obergärtner
Rechts: Erneuerung der Lindenallee am Hollersee

Drainagearbeiten auf der Spielwiese am Marcusbrunnen

Wenn das Wetter mitspielt, statten die Gärtner zudem pünktlich zu Ostern die Beete vor dem Schweizerhaus und der Meierei mit der klassischen Frühjahrsbepflanzung wie Stiefmütterchen, Vergissmeinnicht oder Ziergänseblümchen aus.

Damit Anfang Mai die »Marie« und die Ruderboote wieder ihren Dienst im Park aufnehmen können, sind im Frühjahr einige Gärtner mit einem Arbeitsboot auf den Seen und Wasserzügen unterwegs, um herabgefallene Äste aus dem Wasser zu entfernen.

Spätestens dann beginnt auch eine Arbeit, auf die wohl die meisten Gärtner gerne verzichten würden: das Rasenmähen! Zwei Gärtner kümmern sich im Sommerhalbjahr ausschließlich um die rund sieben Hektar großen Rasenflächen und die Wegesränder im Park. Ob mit Traktor, Sitz- und Handrasenmäher oder Motorsense, alle ein bis zwei Wochen müssen die Spiel- und Liegewiesen gemäht werden, um sie belastbar für die vielen Aktivitäten der Besucher zu halten – und ordentlich soll es ja auch aussehen. So sammeln die Gärtner auch ganzjährig den Müll ein, der leider nicht immer seinen Weg in die Abfallbehälter findet.

Nachdem die Winterfeuchtigkeit aus dem Park gewichen ist, beginnt die Pflege der Wege. Bei einer Länge von 30 Kilometern eine niemals endende Aufgabe. Oft reicht es zwar, hier und da einige Löcher auszubessern und die Wegesränder freizuschneiden, aber dennoch steht alle paar Jahre eine Grundrenovierung an. Dann müssen die Splittdecke und der Schotter darunter ausgetauscht werden.

Um Pfingsten herum verändert sich das Bild im Bürgerpark, wenn der Frühling langsam dem Sommer weicht. Am Schweizerhaus und an der Meierei werden dann auch die Sommerblumen gepflanzt.

Im Juni arbeiten alle Gärtner gemeinsam bei der Heuernte auf den großen Naturwiesen. Zweimal im Jahr, im Juni und im September, müssen die großen Wiesen gemäht werden, damit sie nicht zuwachsen. Das Heu wird zudem dringend für das Tiergehege benötigt. An die 80 große Rundballen werden nach jeder Mahd in der Heuscheune auf dem Meierei-Betriebshof eingelagert.

Die Gärtner des Bürgerparks bei Mäharbeiten im Hollersee, beim Schilfrückschnitt am Schwanenteich und Grabenfreischnitt im Stadtwald

In den Sommermonaten haben die Gärtner vor allem ein wachsames Auge auf die neu gepflanzten Bäume und wässern diese bei Bedarf ausgiebig. Bevor der Durst eines solchen Baumes gestillt ist, sind schon einmal 50 bis 100 Liter Wasser nötig. Aber auch die großen Rhododendren sind im Sommer bei großer Trockenheit für etwas Wasser dankbar.

Neigen sich die Sommerferien dem Ende, beginnen die Vorbereitungen für die diversen Herbstveranstaltungen wie den Kindertag, »Musik und Licht« und die zahlreichen Laufveranstaltungen. Viele kleine Aufgaben werden in diesem Zusammenhang dann zu einem großen Berg Arbeit: Wege und Bäume im Umfeld der Veranstaltungen müssen kontrolliert und Bänke gereinigt werden. Außerdem wird auf dem Betriebshof der Parkverwaltung viel Ausrüstung gelagert – von Gartenstühlen über Hänger bis zu Kabeln und Schläuchen. Diese werden von den Gärtnern zu den Veranstaltungsorten gebracht und danach wieder eingelagert.

Links: Heuernte in der großen Wiesensicht
Rechts: Sommerwässerung der Rhododendren

Sind am Ende des Sommers die schönen Blüten von Mädesüß und Blutweiderich an den Gewässerufern vergangen, werden auch die Ufersäume gemäht, damit diese nicht mit Baumsämlingen zuwachsen und im kommenden Jahr wieder prachtvoll aufblühen können. Parallel dazu wird die zweite Heuernte erledigt und eingefahren.

Die wunderschöne und von den Parkbesuchern immer wieder bewunderte Herbstfärbung der Bäume kündigt für die Bürgerparkgärtner die nächste große Aufgabe an: Die Laubarbeiten beginnen. Während das Laub zwischen Bäumen und Sträuchern getrost vergehen kann, muss es von den Rasen- und Wegflächen entfernt werden, um Schäden und auch Unfälle zu vermeiden. Auch wenn diese Flächen im Vergleich zum gesamten Park eher klein sind, kommen dabei doch mehrere Hundert Kubikmeter zusammen, die auf einem der Betriebshöfe kompostiert werden.

Mit dem Ende dieser Zeit kommt die Natur langsam »zur Ruhe« und der Park muss winterfest gemacht werden. Die Fontäne aus dem Hollersee wird geborgen, die empfindlichen Sandsteinskulpturen werden eingepackt und die Minigolfanlage wird für den »Winterschlaf« vorbereitet. Nun können auch die Entwässerungsgräben entschlammt werden. Bei etlichen Kilometern Länge eine Arbeit, die abschnittsweise erfolgen muss, um den Park trocken zu halten.

Bevor die Adventszeit beginnt, steht die Herstellung der Weihnachtsgestecke an, die der Bürgerpark jedes Jahr an Spender und Unterstützer verteilt. Den »Jahresabschluss« für die gärtnerischen Arbeiten stellt dann das Aufstellen des Weihnachtsbaumes vor dem Schweizerhaus dar. Doch an Winterruhe ist für die fleißigen Gärtner des Bürgerparks nicht zu denken. Schließlich steht das neue Jahr schon vor der Tür, in dem alles wieder von vorne beginnt.

Baumpflegearbeiten an einem Altbaum

Absolute

Besucherlieblinge

Das Tiergehege

Die Favoritenrolle im Tiergehege nehmen eindeutig die Bunten Bentheimer Schweine ein. Den Knirpsen aus einem Findorffer Kindergarten fällt die Wahl ihrer Lieblinge im Tiergehege ganz leicht. Die neugierigen Ferkel – wunderbar. Und dann die Sau Bernadette, die sich sogar streicheln lässt – die Jungen und Mädchen sind hin und weg. Eine Stunde haben sie Tierpfleger Christian Panhorst bei der Fütterung der Esel und der Zwergzebus begleiten dürfen, aber die Schweine, das war der absolute Höhepunkt. Und als es dann zum Abschied auch noch ein buntes Poster mit einer fröhlichen Zeichnung aller Tiere des Geheges für den Gruppenraum der Kinder gibt, ist das Glück vollkommen.

Jede Woche kommen Kindergruppen und manchmal auch Erwachsene für Führungen ins Tiergehege des Bürgerparks zu Sarah Webb und Christian Panhorst, um einen Blick hinter die Kulissen

zu werfen. Das Gehege ist unter der Woche regelmäßig ein außerschulischer Lernort für kleine Mädchen und Jungen und insbesondere am Wochenende Ziel für unzählige Familien, die ihren Kindern Gänse und Zwerghühner, Damwild und Mufflons sowie Skuddenschafe zeigen. Die Meerschweinchen haben ein ganz besonderes Zuhause: Sie leben in kleinen Häuschen, die einigen Gebäuden des Bürgerparks nachempfunden sind. Und die Großeltern erinnern sich dann daran, dass auch sie schon als Kinder in den Bürgerpark zu den Tieren spazierten. Zu Bobby, dem Dromedar, zu den gestreiften Frischlingen und den Kolkraben in den Volieren – früher waren mehr und vor allem andere Tiere zu besichtigen. Die Haltung von Zebras und Fasanen auf kleinen Flächen und in Käfigen ist jedoch seit Jahren nicht mehr mit dem Tierschutzgedanken vereinbar, und deshalb beschränkt sich der Bestand überwiegend auf Haustiere.

»Ja, Alpakas sind auch Haustiere in ihrer südamerikanischen Heimat«, sagt der gelernte Landwirt Christian Panhorst, »aber Wildschweine und Zebras eben nicht. Deshalb werden sie vernünftigerweise schon seit Jahren nicht mehr im Park gehalten.«

Aber Tiergehege – das waren von Beginn an besondere Attraktionen im Bürgerpark. Schon fünf Jahre nach dem ersten Spatenstich in den frühen 1870er-Jahren erhielt der Bürgerparkverein als Geschenk eine Rentierfamilie, deren Haltung sich jedoch als äußerst schwierig erwies. In der Nähe des ersten Kaffeehauses erfreute bereits ab 1869 ein Otter-

Kaffeehaus
Känguruhgehege b. d. Meierei. i. Bürgerpark
16/7.03.

bassin die Besucher. Bis 1884 hatte das Tiergehege seinen Standort beim Schweizerhaus, danach erfolgte die Verlegung an den heutigen Platz. Exoten gab es hier nun nicht mehr zu sehen. Es wurden nur noch Tiere angeschafft, deren Haltung in einem Gehege komplikationslos möglich schien. Dazu zählte man damals Damhirsche, Rehe und Federvieh, später auch abessinische Ziegen, jeweils ein Dromedar und eine Zwergantilope. Gleichwohl hat es abseits des offiziellen Tiergeheges, z. B. an der Meierei, durchaus weitere Versuche gegeben, dem Publikum Affen, Kängurus und exotische Vögel zu präsentieren. Und so gab es auch in der Nähe der Hollerallee ab 1933 für wenige Jahre einen sogenannten »Tierkindergarten«. Hier konnten Löwenbabies gestreichelt, auf Elefanten geritten und ein Affenfelsen bestaunt werden. Nach dem Zweiten Weltkrieg waren alle diese Einrichtungen dann endgültig verwaist.

Erst 1954 zog mit der Einweihung des neuen Wildgehegehauses wieder Leben in das Tiergehege ein. Dort hatte von 1954 bis 1979 auch das beliebte Dromedar Bobby sein Domizil. Das von der Sparkasse Bremen gestiftete und vom Architekten Fritz Brandt entworfene Stall- und Wohngebäude ersetzte den Vorgängerbau aus dem Jahre 1903. Damals hatten die Architekten Friedrich Wellermann und Paul Frölich ein Gebäude im skandinavischen Stil entworfen, das aus dem Nachlass des Bankiers Bernhard Loose finanziert wurde. Dieses imposante Gebäude im Mittelpunkt des Geheges überdauerte zwar den Zweiten Weltkrieg, war jedoch am Ende so stark beschädigt, dass sich eine Renovierung nicht mehr lohnte.

Um ihre Schützlinge stets im Auge zu haben, wohnen bis heute die Tierpfleger in dem reetgedeckten Haus. Morgens ab 7 Uhr beginnt die Arbeit mit der Fütterung und der Reinigung der Freiflächen und Stallungen, in den Wintertagen endet der Arbeitstag um 16 Uhr, im Sommer erst um 19 Uhr. Heu von den Bürgerparkwiesen, frisches Gras, Obst, Gemüse und Kraftfutter werden für alle Tierarten separat aufbereitet und verfüttert. Im Sommer übernehmen die Tierpfleger des Bürgerparks auch noch die Betreuung der auf der Meiereiwiese grasenden »geleasten« Ochsen. Dies soll an die Zeit erinnern, als die Meierei noch eine Milchwirtschaft war.

Ob und wie wohl sich die Tiere im Gehege fühlen, erkennen ihre Betreuer unter anderem auch daran, wie sie sich vermehren. Der regelmäßige Nachwuchs bei allen tierischen Bewohnern des Geheges belohnt die Tierpfleger für ihre engagierte Arbeit. Kleine Ferkel gibt es zwei Mal im Jahr, Schafe, Mufflons und Ziegen bekommen Ende März Lämmer und Zicklein. Zwerghühner brüten Küken auch im Frühjahr aus, Gänse folgen im Mai, und das Damwild erwartet immer im Juni Kälbchen. Für die Betreuer des Tiergeheges sind das stets aufregende Zeiten. Ein besonderes Augenmerk haben die Tierpfleger auf die Bentheimer Schweine, Skudden und Leinegänse, die zu den selten gewordenen Haustierarten gehören. Der Bürgerparkverein ist heute Mitglied in den nationalen Nachzuchtprogrammen.

Und nicht nur die Tierpfleger freuen sich über den tierischen Nachwuchs, auch für die Besucher sind die Tierkinder der Anziehungspunkt schlechthin. Manche Tiere machen aber auch außerhalb ihres Geheges auf sich aufmerksam: Zwerghühner schlüpfen gern einmal durch den Zaun auf die Wege, die Pfauen besuchen ab und an die Terrasse der Meierei oder die angrenzenden Stadtteile, Alpakas und Esel machen mit freiwilligen Helfern gelegentlich »geführte Touren« durch den Park. Sollte Ihnen also ein Alpaka oder ein Esel im Park begegnen, dann hat alles seine Richtigkeit.

Die Tierpfleger Christan Panhorst und Sarah Webb (links) und Besuch des Hufschmieds (rechts)

Posaunen und Poesie

Die kleinen Kulturreihen im Park

Die leisen und die feinen Töne, die passen zum Bürgerpark. Literaturlesungen und Konzerte kleiner Ensembles erfreuen seit Jahren die Besucher im Park. Die Bremer Turmbläser treten immer im Sommer an einem Sonntag im Monat im idyllischen Laubengang oder auf dem Aussichtsturm im Stadtwald auf. Und Manfred Boermann, professioneller Vorleser vom Bremer LiteraturExpress, hat sich den Gerdes-Pavillon für seine regelmäßigen Auftritte ausgesucht.

Wenn sich die vier Turmbläser auf der Empore des Aussichtsturms oder im Laubengang nahe der Eichhörnchenwache einfinden, ist Mitsingen ausdrücklich erwünscht.

»Wir beginnen immer mit einem Choral und spielen dann im Verlauf einer Stunde 25 Stücke ohne Pause«, beschreibt der Gründer und Leiter der Bremer Turmbläser, Wolfgang Burwitz, das inzwischen eingeübte Sonntagvormittag-Ritual. Zwei Posaunen, zwei Trompeten, manchmal auch eine Tuba – in dieser Besetzung spielen die Turmbläser populäre Volkslieder wie »Am Brunnen vor dem Tore«, »Die Gedanken sind frei« oder »Es klappert die Mühle am rauschenden Bach«, aber auch Evergreens und Schlager wie »Tulpen aus Amsterdam« und »Down by the Riverside«. Viele kommen regelmäßig auf die Wiese gegenüber dem Laubengang, aber auch die zufällig vorbeikommenden Passanten bleiben dann meist bis zum Ende. »Diese Musik passt eben einfach hierher«, sagt Burwitz.

Von Pfingsten bis in den Oktober spielt er mit seinem Ensemble seit über 25 Jahren einmal im Monat. Ist mal einer der Musiker verhindert, gibt es im Hintergrund 14 weitere ehemalige Turmbläser, von denen immer jemand einspringen kann. Burwitz selbst spielt Posaune und hat seit 1991 kaum ein Konzert verpasst. Und weil er von der Musik im Park gar nicht genug bekommen kann, hat er 2016 begonnen, im Duo mit einem Freund von Zeit zu Zeit an Bord des Fahrgastschiffes »Marie« zu spielen – eine Idee, die schnell ein begeistertes Publikum gefunden hat.

Poesie statt Posaunen heißt es dagegen einmal im Monat sonntags im Gerdes-Pavillon unweit der Meierei. Dann liest Manfred Boermann vom LiteraturExpress Gedichte, Auszüge aus Romanen, Aphorismen und kleine philosophische Texte. Der dem Park seit Jahrzehnten verbundene Literaturliebhaber startete dieses Angebot im Sommer 2008 mit Geschichten zum Thema Liebe. »Ich habe ein Schild an den Pavillon gestellt und gehofft, dass Spaziergänger ihren Weg unterbrechen und mir eine Weile zuhören.« So kam es dann auch, und die Reihe »Poesie im Park – Lyrik in der Laube« war geboren.

Für jeden Auftritt nimmt Boermann sich ein anderes Thema vor. Reiseberichte, Texte zu Bäumen und zu den Jahreszeiten, die Dichter des Impressionismus, Schätze der Reclam-Reihe aber auch Lesungen, die einem Dichter oder einem Schriftsteller gewidmet sind – die Bandbreite ist groß. Inzwischen hat sich auch dieses Angebot etabliert. Es hören Passanten zu, die zufällig vorbeikommen, aber auch Literaturliebhaber, die gezielt dem Vorleser lauschen möchten. Boermann liest nicht nur, er gibt seinen Zuhörern auch Literaturtipps und nimmt Vorschläge der Gäste in sein Programm auf. Und er bietet auch eine weitere Möglichkeit, den Bürgerpark literarisch zu erobern: Mit einer Rikscha fährt er Gäste durch den Park, macht beispielsweise Station an der Heine-Bank und liest natürlich Heinrich Heine. Auf diesen Touren orientiert er sich in seiner Textauswahl noch gezielter an den Haltepunkten, liest Gedichte über Bäume und Stimmungen, wie man sie im Park erleben kann.

Völlig unabhängig von Veranstaltungszeiten können sich Literaturliebhaber jederzeit auch auf einen lyrischen Spaziergang durch den Bürgerpark begeben. Die Staats- und Universitätsbibliothek und der Bürgerparkverein errichteten im Jahr 2010 den »Lyrischen Pfad« zwischen Park Hotel und Waldbühne. Auf zehn Tafeln sind Textpassagen und Gedichtausschnitte zu lesen, die einmal im Jahr ausgetauscht werden – Poesie und Park harmonieren eben genauso wie Park und Posaunen.

Einweihung des Lyrischen Pfads im April 2010

Festliche

Prozession

Das Fronleichnamsfest im Bürgerpark

Fronleichnamszug im Parkhausgarten 1949

Seit 1950 begehen Bremer Katholiken Anfang Juni bei gutem Wetter das Fronleichnamsfest im Bürgerpark. Bis zu 12.000 Gläubige strömten dabei vor Jahrzehnten in den Park, heute sind es jedes Jahr rund 2.000 Katholiken, die das Fest hier gemeinsam begehen. Der Charakter der Feier hat sich mit den Jahren deutlich verändert.

Schon 1922 und 1923 war das Parkhaus Ort der Feierlichkeiten. Nach dem Zweiten Weltkrieg geriet der Bürgerpark selbst in den Fokus der katholischen Gemeinden Bremens, die Fronleichnam gern gemeinsam feiern wollten. 1948 verständigten sich auf Anregung des Zahnarztes Dr. Herbert Korte das Vorstandsmitglied des Bürgerparkvereins Heinrich Erling und der Parkdirektor Hugo Riggers auf ein Fest im Freien. 1950 fand mit rund 10.000 Teilnehmern die erste Prozession durch den Park statt.

Unter einem von vier Männern getragenen Baldachin trugen Pfarrer die neugotische Turm-Monstranz der Gemeinde St. Johann, die das Zentrum des Zuges bildete.

In den Folgejahren wurde der Prozessionsweg jedoch deutlich verkürzt und nach diversen innerkirchlichen Debatten ab 1986 ganz auf den Umzug verzichtet. Im Jahr 2000 einigten sich ein neuer Probst sowie einflussreiche Persönlichkeiten in den Gemeinden auf eine »kleine Prozession«, die nun nur noch rund um die Spielwiese am Marcusbrunnen führte, wo seit 1975 die zentrale Feier stattfindet.

Als größtes Problem erwies sich über die Jahre das bremische Wetter – mehrfach fiel die Feier buchstäblich ins Wasser. Als Ausweichquartier steht den Katholiken seit 1972 der evangelische St. Petri Dom zur Verfügung.

Doch wetterunabhängig erfahren die Feierlichkeiten überregionale Wertschätzung. Seit 1978 sind Jahr für Jahr Bischöfe und Weihbischöfe aus verschiedenen Bistümern zu Gast in Bremen – am liebsten natürlich im Bürgerpark.

Spaß, Sport, Spiel
und jede Menge Ausprobieren

Immer ein besonderes Ereignis:
Raimund Michels beim Spieltreff

Der Spieltreff

»Spiel mit«, baten im Jahr 1979 Fernsehmoderator Frank Elstner und der Deutsche Sportbund. In Bremen und 69 anderen deutschen Städten folgten damals Kinder, Jugendliche und Erwachsene diesem Aufruf und spielten einen Tag lang auf Straßen, Plätzen und in öffentlichen Parks. Niemand ahnte aber, dass aus dieser für nur einen Tag geplanten Aktion in Bremen eine Veranstaltung werden würde, die nun Jahr für Jahr Tausende Kinder in den Bürgerpark lockt – zum Spieltreff auf der Wiese am Marcusbrunnen.

Der »Spieltreff Bürgerpark« ist in Deutschland eine einzigartige, inzwischen fest etablierte Veranstaltung, bei der Menschen jeden Alters kostenfrei spielen können. Von Mai bis September treffen sich immer dienstags und donnerstags Kinder und Erwachsene auf der Spielwiese und können dort allein und gemeinsam alle nur erdenklichen Spiele ausprobieren. In der Regel stehen drei Spielleiterinnen und Spielleiter bereit, die den kleinen und großen Gästen Geräte und Ideen anbieten. Zwischen 7.000 und 8.000 Besucherinnen und Besucher nutzen dieses

Angebot, für das der Bürgerparkverein die Fläche bereitstellt, der Landessportbund die ideelle Trägerschaft übernimmt und die Sparkasse Bremen finanzielle Hilfestellung gibt.

Dass aus der einmaligen »Spiel mit«-Aktion des Jahres 1979, bei der 66 Bremer Vereine von der Universität bis in den Bürgerpark eine Spielmeile aufbauten, eine dauerhafte Einrichtung wurde, ist vor allem den damals federführenden Organisatoren um die Bremer Sportwissenschaftlerin Professorin Gisela Bentz zu verdanken. Die große Resonanz bewog die Arbeitsgruppe dazu, über ein jährlich wiederkehrendes Spielangebot nachzudenken. Da man nun schon mal die für dieses Ereignis extra angeschafften Spielgeräte hatte und der Bürgerpark sich als »Austragungsort« anbot, wurde der Spieltreff ins Leben gerufen, den zunächst Gisela Bentz und danach Edith Lange leiteten. Seit 2000 ist Martina Krause Leiterin der Veranstaltung, die traditionell mit einem großen Fest am Muttertag eröffnet wird. Dabei unterstützen sie rund 30 Freiwillige und natürlich großzügige Sponsoren, von deren Förderung regelmäßig neue Spielgeräte angeschafft oder auch kleine Highlights wie Musiker für das Kinderfest oder der Umzug am Ende der Saison im September finanziert werden. Darüber hinaus ist Martina Krause verantwortlich für Öffentlichkeitsarbeit und den Kauf neuer Spielgeräte.

Überaus beliebt an heißen Tagen: die Wasserbaustelle

Hierfür müssen Jahr für Jahr neue und alte Sponsoren begeistert und geworben werden. Außerdem hält sie mit ihren Helferinnen und Helfern regelmäßig Ausschau nach neuen interessanten Spielideen und Geräten und organisiert die verschiedenen Sonderaktionen.

Reichten in den Anfangsjahren noch ein paar Holzkisten, um die Spielmaterialien aufzubewahren, so verfügt der Spieltreff mittlerweile über drei fest installierte Container. Der erste Container wurde leider bei einem Brand einschließlich der darin befindlichen Spielgeräte zerstört. Der aus diesem Anlass gestartete Spendenaufruf zeigte eine so überwältigende Resonanz, dass nun sogar drei Container mit Spielgeräten gefüllt werden konnten.

Und tatsächlich sind die großen Kisten wahre Spielschatzkammern: Stelzen, Jongliergeräte, Ballspiele, große Rutschen, Kicker, Gras-Skier, bunte Tücher und riesige Bälle, Brettspiele, Schachfiguren, Boulekugeln – wenn der Spieltreff dienstags und donnerstags ab 15:30 Uhr für drei Stunden und in den Ferien zusätzlich noch ab 10 Uhr für zwei Stunden öffnet, dann schlagen nicht nur Kinderherzen höher. Selten reicht die Zeit für die Besucher aus, alle Angebote auszuprobieren. Wiederkommen lohnt sich also, zumal an manchen Tagen besondere Attraktionen locken. Absolutes Highlight ist dabei jedes Jahr wieder die große Was-

serbaustelle im Sommer, bei der die Kinder nach Herzenslust plantschen können.

Die Besucher des Spieltreffs kommen aus der ganzen Stadt in den Bürgerpark und nutzen das kostenfreie Angebot. »Wir haben eigentlich keine spezielle Zielgruppe, wünschen uns, dass hier Große und Kleine, Behinderte und Nichtbehinderte, Kinder aller Nationen miteinander spielen und Spaß haben. Die Kinder sind natürlich eindeutig in der Mehrheit, kommen allein aus der Nachbarschaft oder mit Eltern und Großeltern von weiter her. Das beginnt so ab zwei, drei Jahren, aber die Mehrzahl der Besucher ist zwischen fünf und zwölf Jahre alt«, so die Spieltreff-Leiterin. Als zugkräftig hat sich zudem erwiesen, Schulklassen gesonderte Termine anzubieten.

Damit diese besondere Spielmöglichkeit noch lange bestehen bleibt, hat sich im Jahr 2012 ein Förderkreis als eingetragener Verein gegründet. Seine Mitglieder unterstützen das offene kostenfreie Spielangebot mit finanziellen Mitteln, stellen sich aber auch als Spielleiter zur Verfügung. Martina Krause ist dafür sehr dankbar und freut sich stets über neue Unterstützer. »Helferinnen und Helfer können wir immer gebrauchen. Wer Spaß haben will und Kinder glücklich machen möchte, der ist bei uns richtig.«

Nicht nur zum Frühschoppen genial

Die Waldbühne

Das »Waldschlösschen« im Bürgerpark dürfte es eigentlich gar nicht mehr geben. Eigentlich – aber nichts hält länger als ein »Provisorium«. Der 1890 ursprünglich nur als hölzerner Messepavillon errichtete Bau, heute als »Waldbühne« bekannt, gilt seit Langem als eines der schönsten und beliebtesten Bremer Biergartenlokale.

Nach der großen Nordwestdeutschen Gewerbe- und Industrieausstellung im Sommer 1890 war das Schicksal des Gebäudes klar: Alle temporären Bauten mit Ausnahme des zentralen Parkhauses sollten abgerissen werden. Also auch der Ausstellungspavillon der Bremer Zigarrenfirma Leopold Engelhardt & Biermann, in dem einen Sommer lang alle Verarbeitungsstufen des Tabaks gezeigt worden waren. Rund um einen in der Mitte des Gebäudes platzierten Verkaufsstand erfuhr der Besucher, wie aus Tabakblättern Zigarren gedreht, wie sie sortiert und in Kisten verpackt wurden. Standort des vom Architekten Carl Bollmann entwickelten quadratischen Gebäudes mit offenen Vorbauten an allen vier Ecken war eine Fläche zwischen Park Hotel und Marcusbrunnen. »Edle Form und geschmackvolle Decoration« wurde dem mit Türmchen an den Ecken und in der Mitte des Kuppeldaches gekrönten Pavillon seinerzeit bescheinigt.

Dass dieses Bauwerk dem Abbau im Herbst 1890 entging, hat zwei Gründe: Zum einen hatte Wilhelm Benque 1877 in der Nordostecke des Bürgerwaldes einen einfachen Unterstand als Regenschutz vorgesehen und der Bürgerparkverein sich einige Jahre später an diesem Platz ein bis 1890 noch nicht realisiertes Häuschen für einen Parkaufseher gewünscht. Zum anderen war die Zigarrenfirma Engelhardt & Biermann nach dem Ende der großen Ausstellung bereit, dem Verein seinen Pavillon zu schenken und auch den Umzug zu bezahlen. So wurde das hölzerne Gebäude im darauffolgenden Winter am ursprünglichen Standort abgetragen und am neuen auf einem festen Sockel wieder aufgebaut. Zwischenzeitlich war zudem die Idee aufgekommen, neben der kleinen Wohnung für einen Aufseher in einem Anbau des Pavillons eine Gaststätte, das Waldschlösschen, zu etablieren. Dieses von der Meierei mitbetriebene einfache Restaurant eröffnete am 8. Juli 1891 und war von Anfang an auch als Gartenlokal konzipiert. Ein wirtschaftlicher Erfolg war den verschiedenen Pächtern des Waldschlösschens jedoch zunächst nicht beschieden. Die Betreiber wechselten, es gab längere Phasen, in de-

Die Waldbühne kurz nach der Eröffnung

nen das Lokal geschlossen blieb, und der bauliche Zustand verschlechterte sich zusehends. Die beiden Weltkriege überstand der hölzerne Pavillon zwar relativ schadlos, allerdings fehlten dem Bürgerparkverein die finanziellen Mittel für eine grundlegende Sanierung.

Im Jahr 1975 stand daher die Frage an, ob das Waldschlösschen aufgegeben werden oder ob der Verein viel Geld in eine grundlegende Sanierung stecken sollte. Man entschied sich, trotz hoher Kosten, für die Instandsetzung und eine Veränderung des Gastraumes, der dem Lokal mehr Plätze und einen zentralen Schanktresen in der noch heute vorhandenen Form brachte. Zudem wurde auf der Südseite des Pavillons noch eine hölzerne Freiluftbühne errichtet und aus dem Waldschlösschen ab 1976 so die Waldbühne, damals Bremens einzige Gaststätte mit großem Biergarten. Dieses gastronomische Konzept überzeugte nicht nur die Studierenden der nahen Universität. Für Parkspaziergänger und vor allem für Musikliebhaber etablierte sich die Waldbühne als angesagter Treffpunkt. Zahlreiche Freunde von Dixie- und Oldtime-Jazz kamen zu den sonntäglichen Frühschoppen-Konzerten.

Häufiger Gast war auch der Architekturstudent Axel Freuer, der die Waldbühne im Jahr 2000 von Achim Grunert übernahm und das erfolgreiche Konzept mit Live-Jazz fortführte. Daran hat sich bis heute nichts geändert. Die Waldbühne ist noch immer das Lokal für die Fans von Swing, New Orleans und anderen Spielarten des traditionellen Jazz. Von Ostern bis zum 3. Oktober gibt es Open-Air-Musik, in den anderen Jahreszeiten an jedem zweiten Dienstag im Monat Konzerte in der Waldbühne selbst. Musikalisch hat sich Freuer dem Zeitgeschmack etwas angepasst. Neben den »Bremer Jatzmusikanten« zählen inzwischen auch die Beat- und Oldiebands »The Mushrooms« und »Blax« zu den Gästen auf der Freiluftbühne.

Die Waldbühne bietet mittlerweile 550 Plätze im Außenbereich und 75 Plätze im Lokal. Im Sommer ist der Biergarten vor allem bei gutem Wetter ein Selbstläufer, an kalten Wintertagen locken Grog und Glühwein den durchgefrorenen Spaziergänger an. Darüber hinaus nut-

zen viele Gäste das besondere Ambiente der Waldbühne für private oder geschäftliche Feste. Und die Innengastronomie besticht nicht nur durch ihr gemütlich-rustikales Ambiente, sondern auch durch die ungewöhnliche Raumdekoration. Unter der Decke hängen bunte Pferde von alten Karussells und Musikinstrumente, die Wände sind über und über mit historischen Werbeschildern bedeckt. Da erinnert mancher Werbeträger für längst vergangene Zigarettenmarken dann wieder an die ursprüngliche Bestimmung des Pavillons.

»Am Anfang war dieses Haus ja nicht mehr als ein begehbarer Humidor, ein Zigarrenschrank. Und heute darf hier nicht einmal mehr geraucht werden. Die Zeiten haben sich in den letzten 125 Jahren eben doch etwas verändert«, sagt Pächter Axel Freuer – und wippt dabei zufrieden mit dem Fuß zu den Jazzklängen im Bürgerpark.

Sommer
im
Park

Starke Arme
und feine Fingerspitzen

Die Ruderboote und das Minigolf

Schon bald nach der Gründung des Bürgerparks war es ein beliebtes Vergnügen, die Gewässer des Parks an einem sommerlichen Tag per Ruderboot zu erkunden. Gerade vom Wasser aus boten sich ganz besondere Ansichten der grünen Parkkulissen. Bereits 1884 wurden bis zum Zweiten Weltkrieg von der Meierei 24 Ruderboote mit großem Erfolg betrieben. Ebenso wie die beliebten Motorboote »Marie« und »Meierei« gingen diese im Zweiten Weltkrieg verloren. Nach dem letzten Krieg dauerte es über 20 Jahre, bis der bei den Bremern so beliebte Bootsbetrieb im Bürgerpark wieder aufgenommen werden konnte. Erst durch die hartnäckige Initiative des Bootsbauers Dieter Schierenbeck ließ man ab 1966 den Betrieb mit 20 Booten wieder aufleben. Heimathafen wurde eine neue Anlegestelle hinter den Aselmeyer-Brücken am Emmasee. Bis heute gehen die Freizeitkapitäne von dieser Stelle aus auf »große Fahrt«. Die Bootstouren erfreuten sich schnell wieder so großer Beliebtheit, dass die Flotte auf bis zu 40 Boote anwuchs.

»Die Ruderboote müssen robust sein, weil weniger geübte Bootsmannschaften das Material bisweilen über Gebühr strapazieren. Unfreiwillige Begegnungen mit anderen Bootsbesatzungen, mit Brücken und Ufern gehörten und gehören zum Alltagsgeschäft«, sagt Philipp Schierenbeck, der die Bootsvermietung von seinem Vater übernommen hat. Während und vor allem nach der Saison werden Schäden am Material ausgebessert, sodass stets gut gepflegte Boote zur Verfügung stehen. Etwa anderthalb Stunden muss man für eine Rundtour im nördlichen Teil des Bürgerparks rechnen – die Ausblicke auf waldige Kulissen, auf idyllische Ecken, die man nur vom Wasser aus sieht, entschädigen dabei für die ungewohnten körperlichen Anstrengungen.

Wer es geruhsamer haben möchte, kann direkt gegenüber seine Geschicklichkeit beim Minigolf beweisen. Hier wird von Anfängern und Fortgeschrittenen Konzentration und Fingerspitzengefühl gefordert.

Nach der Verlagerung des Kaffeehauses zur Nordseite des Emmasees entstand auf einem rund 2.000 Quadratmeter großen Areal eine Anlage mit 18 Bahnen in unterschiedlichen Schwierigkeitsgraden. Die Minigolfer genießen das Spiel auf dem idyllisch angelegten Parcours mit Blick auf den Emmasee mitten im Park. Die Anlage wurde 2004/05 grundlegend saniert und wird regelmäßig von den Handwerkern des Bürgerpark-Betriebshofes und dem Pächter liebevoll instand gehalten.

Der in den 1950er-Jahren in der Schweiz entwickelte Bahnengolf lockt im Bürgerpark pro Saison bis zu 25.000 Spielerinnen und Spieler an und ist in jedem Sommer wieder eine Attraktion für Familien, aber auch für Kindergeburtstage und Firmenausflüge.

Wer außerhalb der Saison nicht auf ein sportliches Vergnügen im Park verzichten möchte, kann an der Spielwiese am Marcusbrunnen ganzjährig auch die Boule-Anlage mit drei Bahnen besuchen. Dann muss nur noch das Wetter mitspielen, denn bei Kälte, Regen und Sturm macht weder rudern, »golfen« noch boulen Spaß.

Schaukeln, wippen, ganz viel toben

Die Spielplätze

Laut und kunterbunt, trubelig und fröhlich, so präsentiert sich der Bürgerpark an gleich sechs Stellen: auf den großen und kleinen Spielplätzen mitten im Grünen, die bei Eltern und Kindern gleichermaßen beliebt sind – vor allem in den Sommermonaten.

Schon für Wilhelm Benque, den Schöpfer des Bürgerparks, stand außer Frage, dass in seinem Park Platz für Kinder sein musste. 1875 schrieb er dazu in einer kleinen Veröffentlichung: »Im Bürgerparksprogramme figurirte der Spielplatz als ein Stück von Bedeutung für die innere Gestaltung des Werkes, es sollte ja für Arm und Reich, für Herrn und Gesind [...] gearbeitet werden und da durfte denn die Kinderwelt nicht leer ausgehen.« In diesem Sinne war ihm auch wichtig, dass der Spielplatz nicht an den Rand gedrängt wurde. Er legte ihn auf dem heutigen Friedrich-Rebers-Platz, also am Marcusbrunnen, mit einer Größe von etwa einem Hektar an. Einen zweiten Spielplatz schuf er auf einer

Waldwiese südlich des Emmasees – speziell für Mädchen. Wie Benque die Areale ausstatten ließ, ist nicht überliefert. Auf dem großen Platz war lediglich von einem Parkbrunnen mit großer Fontäne die Rede.

Nach dem Weggang Wilhelm Benques wurde der große Spielplatz jedoch auf die weiter südlich gelegene große Rasenfläche verlegt, die auch heute noch als Spielwiese dient. Aus dem Mädchen-Spielplatz entwickelte sich im Laufe der Jahrzehnte der heutige große Piratenspielplatz.

Auf der großen Spielwiese können die Kinder zwischen gleich drei Spielbereichen wählen. Beim Toben werden oft die bronzenen Nachbildungen der Bremer Stadtmusikanten erobert, zum Herumturnen gibt es das große Seilklettergerät. Besonders beliebt ist nach wie vor der Piratenspielplatz südlich des Emmasees mit dem großen Piratenschiff aus dicken Holzbohlen, der Dampfwalze, einer Holzeisenbahn und einer massiven Kletterburg mit Rutschen. Im Laufe der Zeit kamen noch vier weitere Spielplätze hinzu. Der größte von ihnen befindet sich im Stadtwald und bietet neben Rutschen, Schaukeln, Seilbahn und burgartigen Holzbauten weitläufige Wiesen, die gerne für Ballsportarten genutzt werden. Der an der Parkallee, nördlich der Eichhörnchenwache angelegte Spielplatz bezieht seinen besonderen Reiz für Kinder durch die auf einem terrassenförmig angelegten Gelände platzierten Rutschen und bunten Turngeräte. Für die ganz Kleinen werden im Tiergehege wie auch in der Nähe des Schwanenteiches Spielplätze angeboten.

Heute genauso beliebt wie in den 1970er-Jahren

Was viel genutzt wird, muss auch besonders gepflegt werden. Damit auf allen Spielplätzen gefahrlos und ausgiebig gespielt werden kann, werden die Geräte und Flächen regelmäßig kontrolliert, gewartet und gereinigt. Und wenn die kleinen Besucher einige Geräte mal wieder »abgeliebt« haben, dann können Schlosser und Tischler des Bürgerparks die Defekte umgehend beheben.

Die Pflege und Unterhaltung der Spielplätze und Spielgeräte bedeuten für den Bürgerparkverein Jahr für Jahr einen erheblichen finanziellen Aufwand. Neuanschaffungen können oft nur durch großzügige Spenden finanziert werden. Auch wenn sich die vorhandenen Spielgeräte, die zum Teil bereits von den Eltern begeistert genutzt wurden, immer noch großer Beliebtheit erfreuen, schaut der Bürgerparkverein immer wieder nach Möglichkeiten, das Angebot sinnvoll zu ergänzen.

Ganz ohne Extrakosten kann der Bürgerpark kleinen Fans von großem Gerät dagegen die allabendliche »Treckerparade« anbieten. Zur Rückkehr der Arbeiter auf den Betriebshof finden sich immer wieder Eltern und Großeltern mit begeisterten Kindern ein – die »Hauptattraktion« bleiben aber die Spielplätze.

»Kinder gehören für uns unbedingt zum Park dazu, darum arbeiten wir ständig an unserem Angebot. Neben den Spielplätzen haben wir beispielsweise intensiv in die Umweltbildung für Schulklassen investiert«, sagt der Bürgerparkdirektor. Außer Frage steht, dass die jüngsten Besucher dem Bürgerpark immer besonders am Herzen gelegen haben. Unbegründet also die Befürchtung von Wilhelm Benque, dass Kinder irgendwann nicht mehr in den Park mitgebracht werden dürfen, weil »irgend ein Hagestolz darüber stolpern könnte«, wie er 1875 formulierte.

»Wir möchten zwar immer auch Raum zur ruhigen Erholung bieten, aber Kinder gehören einfach dazu und brauchen Platz zum Toben«, so der Standpunkt des Parkdirektors. Und was gibt es auch Schöneres, als wenn an einem sonnigen Tag fröhliches Gelächter und ausgelassenes Geschrei durch die Luft hallen?

Summend-süße Grüße

Die Imkerei im Park

Dass der Bremer Roland auf dem Marktplatz steht, weiß in der Hansestadt jedes Kind. Was aber nicht einmal viele Erwachsene wissen, ist, dass es auch im Stadtwald einen Roland gibt. Der ist zwar etwas kleiner und auch »nur« aus Holz, hat dafür aber eine ganz besondere Funktion: Die gut drei Meter hohe Skulptur, die in Nachbarschaft zum Aufseherhaus an der Parkallee auf einer Wiese steht, wurde 2004 von der Nürnberger Bildhauerin Birgit Jönsson aus dem Stamm einer mächtigen hundertjährigen Bürgerpark-Eiche geschlagen und beherbergt ein Bienenvolk. Der Stock befindet sich im Bauch des Rolands, die Einfluglöcher in der Gürtelschnalle.

Es war Dr. Dorothea Brückner von der Forschungsstelle für Bienenkunde an der Universität Bremen, die die Idee für dieses ungewöhnliche Bienenhaus hatte. Ihr Vorschlag, mit dem Bienen-Roland an eine frühe Form der Imkerei, die Haltung von Völkern in sogenannten Figurenbeuten, zu erinnern, wurde beim Bürgerparkverein begeistert aufgenommen. Mit Birgit Jönsson fand man eine Künstlerin, die schon deutschlandweit Figurenbeuten hergestellt hat. In wenigen Wochen schnitt sie das Ebenbild des Rolands aus dem Eichenstamm und schuf so die nützliche Sehenswürdigkeit im Stadtwald.

Bienenvölker werden darüber hinaus aber auch an anderen wechselnden Standorten in Bürgerpark und Stadtwald gehalten. Seit 1979 stellt Imker Horst Wolfrum seine Körbe ab dem Frühjahr immer dort auf, wo seine Bienen hinreichend Nahrung für die Honigproduktion finden. Allerdings schwärmen die Völker nicht nur zu den Blüten in Bürgerpark und Stadtwald aus, für die sich auch die dort lebenden Wildbienen interessieren. Der Imker stellt seine Körbe meist am Rande des Parks und des Stadtwalds auf, damit seine Bienen auch die Obstbäume und Blumen in den benachbarten Kleingärten aufsuchen können – mit großem Erfolg: Pro Saison produziert jedes seiner Völker etwa 30 bis 40 Kilogramm leckeren »Bürgerpark-Honig«.

Die Kleinen ganz groß

Der Kindertag

Echt stark: Der Kindertag ist die mit Abstand größte Veranstaltung im Bürgerpark. Mehr als 50.000 Kinder und Erwachsene tummeln sich jedes Jahr seit 1996 am ersten Sonntag nach den Sommerferien auf der großen Spielwiese neben dem Marcusbrunnen. Auf der Showbühne können die Kinder ein buntes Programm und die Verleihung des Kinder-Oskars erleben, während auf der Wiese besondere Spielgeräte zum Ausprobieren bereitstehen und unzählige Stände über spezielle Angebote für Kinder informieren. Ziel und Motto der Veranstaltung: »Kinder stark machen!« Dafür setzen sich der Bürgerpark und der Veranstalter, der Landesbetriebssportverband Bremen (LBSV), seit 1996 gemeinsam ein.

Der Bremer Kindertag entstand 1988 als eine spaßige Ostfriesenolympiade zum Abschluss des Sommerferienprogramms auf der Sportanlage des LBSV und tingelte dann durch verschiedene Stadtteile. Der Zuspruch, so erinnern sich die Erfinder des Kindertages, Lothar Pohlmann und Egbert Wilzer, wuchs von Jahr zu Jahr – und es galt, einen geeigneten Veranstaltungsort zu finden. Versuche, den Kindertag auf

der Kinderfarm Habenhausen und auf den asphaltierten Parkplätzen am Weserpark anzusiedeln, bereiteten unterschiedliche Probleme und erwiesen sich als nicht optimal für die Spielaktivitäten der Kinder. Schließlich kam der Bürgerpark ins Gespräch, der mit dem Spieltreff des LBSV auf der Spielwiese schon positive Erfahrungen gesammelt hatte. Der LBSV, der Bürgerparkverein und der damalige Parkdirektor Werner Damke einigten sich darauf, den Kindertag ab 1996 auf der Spielwiese südlich des Marcusbrunnens zu veranstalten. Eine beispiellose Erfolgsgeschichte nahm ihren Lauf: Inzwischen hat der Bremer Kindertag nach Angaben des LBSV bundesweit einen Modellcharakter und wird von der Bundeszentrale für gesundheitliche Aufklärung als größte Veranstaltung ihrer Art nachdrücklich unterstützt. Getreu dem Motto »Kinder stark machen« präsentieren sich auf dem Kindertag zahlreiche Organisationen mit Ständen und Aktionen, mit denen sie ihr Engagement für und mit selbstbewussten Kindern demonstrieren. Zudem gibt es jedes Jahr ein Schwerpunktthema wie etwa die gesunde Ernährung, das Lesen, die Suchtprävention oder die sportliche Betätigung. Einerseits ist der Kindertag so zur Informationsplattform geworden, andererseits bietet er den kleinen Besuchern kreative und spaßige Aktivitäten.

Oben: Andrang vor der Radio Bremen-Aktionsbühne

Den großen Besucheransturm und die bundesweite Aufmerksamkeit für den Kindertag im Bürgerpark rufen zudem auch die besonderen Gäste auf der Showbühne hervor. Jedes Jahr laden die Veranstalter gemeinsam mit der Bundeszentrale für gesundheitliche Aufklärung Stars aus dem Kinderkanal KiKa, Idole wie die Maus, die Biene Maja oder Wickie ein. Und immer am Kindertag wird auch der Kinder-Oskar an Persönlichkeiten vergeben, die durch ihren besonderen Einsatz für Kinder hervorgetreten sind.

»Das war eine Idee der Kinder selbst. Anfangs ging der Preis an Initiativen und Menschen aus Bremen und dann haben wir auch bundesweit nach würdigen Preisträgern gesucht. Als wir Steffi Graf auszeichneten, waren wir sofort überall in den Schlagzeilen«, erinnert sich Lothar Pohlmann. Die Musiker Rolf Zuckowski und Zaches & Zinnober, Köchin Sarah Wiener und Autor Paul Maar sind nur einige der vielen namhaften Oskar-Gewinner, die sich den begeisterten Mädchen und Jungen auf der großen Bühne präsentieren. Der darüber hinaus jährlich ernannte, ebenfalls prominente Kindertagbotschafter vertritt im Laufe des Jahres die Interessen des Kindertags.

Eine solche Großveranstaltung ist ohne Sponsoren aus der Wirtschaft natürlich nicht denkbar – regionale und überregionale Unternehmen tragen mit Sachspenden und kostenlosen Dienstleistungen im Wert von mehreren Zehntausend Euro zum Gelingen der Veranstaltung bei. Die Projektleitung und die rund 30 Helferinnen und Helfer aus den Reihen des Landesbetriebssportverbandes bereiten den Kindertag ehrenamtlich das ganze Jahr über vor, die Mitarbeiter des Bürgerparks unterstützen sie dabei nach Kräften.

Natürlich ist eine Veranstaltung mit mehr als 50.000 Besuchern im denkmalgeschützten Park nicht ganz unproblematisch und hinterlässt in der Regel deutliche Spuren. Dennoch stellt der Bürgerparkverein die Fläche Jahr für Jahr gern zur Verfügung. Die Unterstützung der Ziele des Kindertags ist dem Verein ein besonderes Anliegen, zumal sich der Bürgerpark mit seinen vielfältigen Angeboten besonders an Familien mit

Kindern richtet. Von entscheidender Bedeutung ist aber auch das Verständnis der Verantwortlichen für die Anforderungen an eine Veranstaltung in einer historischen Parkanlage. Das rücksichtsvolle Miteinander aller Beteiligten sorgt für einen parkschonenden Verlauf des Kindertages und ein sehr schnelles Aufräumen danach, damit die beliebte und häufig genutzte Fläche schnell wieder allen Besuchern zur Verfügung steht.

Am Ende haben nicht nur die kleinen und großen Besucher etwas vom Kindertag – jedes Jahr werden mit einem kleinen Aufschlag beim Verkauf von Getränken und Speisen auch noch Spenden für ausgewählte nationale und internationale Kinderprojekte gesammelt. In der Vergangenheit profitierten hiervon u. a. UNICEF, der Kinderschutzbund, die Bremer Leselust sowie verschiedene Kinderprojekte in Afrika und Asien. So macht der Kindertag im Bürgerpark Freude weit über das Ereignis selbst hinaus.

Nicht nur ein Sommernachtstraum

Die bremer shakespeare company im Park

Es gibt wahrscheinlich keinen schöneren Platz für den Theatersommer der bremer shakespeare company im Bürgerpark als die idyllische Melcherswiese. Mitten in der großen Wiesensicht, neben der imposanten Melchersbrücke, bietet die leicht geneigte Fläche ein stimmungsvolles natürliches Freilufttheater. Mit Blick auf Park Hotel oder Meierei und manchmal auch auf neugierige Kühe hinter dem umgebenden Wasserzug findet seit 1996 Jahr für Jahr »Shakespeare im Park« statt. Diese Freiluftgastspiele der bremer shakespeare company sind inzwischen nicht mehr aus dem Park wegzudenken. Wie »Musik und Licht am Hollersee« oder der Kindertag gehört »Shakespeare im Park« fest ins Jahresprogramm, weil Theater im Freien mit einem Glas Wein und einem kleinen Imbiss einfach purer Genuss ist. Es sei denn, der Edelmann Gonzales aus William Shakespeares »Der Sturm« behielte recht: »Das Wetter ist ein Fluch für alle!«

Tatsächlich begleitet das berühmt-berüchtigte Bremer Wetter mit der Unsicherheit, ob gespielt werden kann oder nicht, das kleine Festival von Beginn an. Auch wenn der Bremer Besucher sich nicht leicht durch schlechtes Wetter beeindrucken lässt, müssen gelegentlich Vorstellungen ins feste Haus am Leibnizplatz verlegt werden. Immer wieder erleben die Schauspieler und ihr Publikum aber auch eine Abfolge von wunderschönen lauen Sommerabenden mit Vogelgezwitscher aus den nahen Bäumen im Licht der untergehenden Sonne und mit dem langsam aufsteigenden Mond zum späten Finale der Vorstellung. Und wenn es denn mal sein muss, dann eben auch mit Regenschirm und Gummistiefeln.

Dass der Theatersommer seit 1996 Jahr für Jahr vor oder nach den Sommerferien stattfindet, war ursprünglich gar nicht vorgesehen. Die Stadt Bremen hatte die Shakespeare Company gebeten, zur 350. Wiederkehr des Westfälischen Friedens im Jahr 1998 ein Freiluftfestival zu planen. Die Company plante schon Jahre im Voraus, doch die Stadt hatte am Ende kein Geld mehr für dieses Projekt. Da hatten die Shakespeare Company und der Bürgerparkverein die Melcherswiese aber schon als interessanten Spielort ausgewählt und machten Nägel mit Köpfen: Stücke aus dem Repertoire, ein bisschen Musik, Picknick mit den Schauspielern – diese Mischung kam gut an, und so gab es wegen des regen

Zaungäste auf der Melchersbrücke

Publikumszuspruchs und dem Spaß, den das Ensemble an diesem neuen Angebot entwickelte, gleich im folgenden Jahr wieder einen Theatersommer und im darauffolgenden Sommer noch einen und noch einen – »Shakespeare im Park« etablierte sich schnell und zieht heute jährlich bis zu 5.000 Besucher an.

Heute stehen die Stücke von William Shakespeare im Vordergrund, die die Company aktuell im Repertoire hat und auch auf der Bühne im Theater am Leibnizplatz spielt. Dabei wird stets eine Mischung aus leichteren Stücken und Tragödien gewählt. Der Reiz des Freilufttheaters liegt dabei auch in den begrenzten Möglichkeiten des Bühnenbilds. Statt Bühnenhimmel, Schnürboden oder Videoeinspielungen gibt es laue Sommerluft und Vogelgezwitscher, ein Glas Wein und später den aufgehenden Mond.

Zu den absoluten Dauerbrennern des Theatersommers im Park gehören »Was ihr wollt« und »Ein Sommernachtstraum«. Wenn die Elfen und Geister als Herrscher des Waldes die Liebenden ein ums andere Mal täuschen und verzaubern, wenn dann schräg hinter der Bühne und dem Graben die jungen Kühe von der Meiereiwiese dem wunderlichen Treiben stoisch zusehen oder eine quer fliegende Ente das Treiben lautstark kommentiert – dann wissen Schauspieler und Besucher, wie schön der Theatersommer im Bürgerpark ist.

Künstlerische Parkansichten

Mit dem Rad von Staffelei zu Staffelei: Lieselotte Reinecke bei einer Teilnehmerin

Der Maltreff

Eine malerischere Kulisse als den Bürgerpark kann man sich doch kaum vorstellen. Das finden auch die Teilnehmerinnen und Teilnehmer von Lieselotte Reineckes Maltreff – im Bürgerpark. Immer im Juni und Juli schwärmen sie gemeinsam im Park aus. Hocker, Wasserglas und Zeichenblock, Pinsel, Stifte und natürlich Farben gehören zur festen Ausrüstung der Malerinnen und Maler, die an den Kursen teilnehmen.

Als 1991 zum 125-jährigen Geburtstag des Bürgerparks ein Jubiläumsprogramm zusammengestellt wurde, dachten die Veranstalter auch an ein organisiertes Malen im Grünen und gewannen die erfahrene Bremer Künstlerin und Kunstpädagogin Lieselotte Reinecke als Leiterin. Sechzehn Frauen und zwei Männer nahmen das ursprünglich als einmalige Veranstaltung gedachte Angebot an und befanden am Schluss, dass es das doch noch nicht gewesen sein könne! Also wurde eine Wiederholung im folgenden Sommer beschlossen – und seitdem findet der Maltreff Jahr für Jahr statt.

Inzwischen sind es nicht mehr 18 Hobbymalerinnen, sondern seit Jahren zwischen 40 und 50 Teilnehmer aus Bremen und umzu, die über das Malen im Freien den Park ganz anders entdecken. Um dieses große Interesse bedienen zu können, werden seit Jahren sogar zwei Kurse an verschiedenen Wochentagen angeboten. An sieben Terminen haben Anfänger und Fortgeschrittene dann vormittags jeweils zwei Stunden Zeit, sich an verschiedenen Stilen auszuprobieren und dabei ihr ganz persönliches Parkmotiv einzufangen. Und da sitzen sie dann, mal allein oder auch in kleinen Gruppen, bei fast jedem Wetter vor der Meierei, am Emmasee, an Brücken oder vor herrlichen Baumkulissen und versuchen, ein Motiv ganz realistisch, impressionistisch oder auch expressiv in kräftigen Farben auf das Papier zu übertragen. Die Aquarelltechnik wenden dabei fast alle Freiluftkünstler an, manche arbeiten aber auch in Acryl, mit Kohle, Grafit oder mit Farbstiften.

Die Kursleiterin gibt keine Motive vor, sondern berät ihre meist weiblichen Schüler – männliche Teilnehmer sind ebenfalls gern gesehen – und unterstützt, indem sie Kniffe des Aquarellierens verrät, Tipps bei der Motivwahl gibt oder schlicht ihre langjährige Erfahrung weitergibt.

Wer die Natur des Bürgerparks durch Farben sprechen lässt, wer sich an der Wiedergabe einer vielgestaltigen Hausfassade oder eines filigranen Brückengeländers versucht, hat vieles zu bedenken und ist dankbar für die kompetente Anleitung der Kursleiterin.

Und es ist kein Zufall, dass sich etliche Kursteilnehmerinnen Jahr für Jahr wieder beim Maltreff anmelden. Einerseits bietet der Bürgerpark eine schier unendliche Vielfalt an Motiven. Andererseits sprechen sie immer wieder vom Reiz des kontemplativen Arbeitens im Freien, bei dem man schnell mal völlig die Zeit vergisst.

Von der Vielfalt und Qualität der Ergebnisse können sich die Parkbesucher im Herbst eines jeden Jahres in der Meierei überzeugen. Hier werden dann für einige Wochen die schönsten Bilder aus dem vergangenen Sommer ausgestellt. Mancher Besucher lernt dabei, den Bürgerpark noch einmal ganz anders zu sehen. Für die Malerinnen und Maler selbst bedeutet die Ausstellung den Höhepunkt ihres Kurses. Gemeinsam freut man sich bereits auf das nächste Jahr. Wie gut, dass es 1991 nicht beim einmaligen Jubiläums-Maltreff geblieben ist.

Kleine Künstler
großer Spaß

Die Kindermalkurse

Die Welt mit Kinderaugen sehen – das ergibt oft ganz neue Sichtweisen. Kindermalkurse gibt es schon seit mehreren Jahren im Bürgerpark am Ende der Sommer- und Herbstferien. Die Begeisterung bei den sechs- bis zwölfjährigen Kindern ist groß, weil Diplom-Kunstpädagogin Andrea Fanelsa den Mädchen und Jungen mehr bietet als nur den eigentlichen Malkurs. Seit 2012 organisiert sie für die Kinder eine Woche im Bürgerpark, in der sie zwar täglich malen, aber auch den Park erkunden, dort spielen und die Arbeit der Mitarbeiter in den Werkstätten und Büros kennenlernen. Die Kinder treffen sich täglich für drei Stunden im Seminarraum der Parkverwaltung. Nach der Begrüßung geht es meistens erst einmal in die Natur: Bäume ansehen, Tiere im Parkgehege besuchen oder ein bisschen toben, um überschüssige Kräfte abzubauen – jeden Tag beginnt der Kurs anders. Draußen gucken und Motive finden, drinnen im Schulungsraum malen.

»Dieser Raum auf dem Betriebshof ist für so einen Kursus ideal. Er ist hell, gut ausgestattet und wir sind schnell im Park, besser geht's ei-

gentlich nicht«, sagt die Kursleiterin, die sich insbesondere über die ausgewogene Zusammensetzung von kleinen und größeren Kindern sowie von Mädchen und Jungen in ihren Gruppen freut. Ihre Bilder nehmen die kleinen Künstler am Ende der Kurswoche als eine Art farbiges Tagebuch mit nach Hause.

Beim künstlerischen Gestalten können die Teilnehmer nach inhaltlichen Vorgaben der Kunstpädagogin arbeiten, ihre Motive aber auch frei bestimmen, wenn sie etwas Interessantes im Park gesehen haben. Wie mischt man Farben richtig? Wie nutzt man die verschiedenen Pinsel? Wann empfiehlt es sich, mit einem Schwamm zu malen und welche unterschiedlichen Papiere gibt es? Solche Fragen bespricht Andrea Fanelsa mit ihren jungen Kursteilnehmern und lässt sie dann Verschiedenes ausprobieren. Erfolge stellen sich schnell ein, wenn die Kinder beispielsweise erleben, dass man die Blätter eines Baumes viel besser mit einem Schwamm als mit einem Pinsel gestalten kann. Dass dabei auch mal eine Nase grün wird – Schwamm drüber.

Erkenntnisreiche

Spaziergänge

Die Führungen durch den Park

Es kostet etwas Überwindung, sich an einem Sonntagmorgen in aller Frühe auf den Weg zu machen. Aber es lohnt sich. Alles ist noch ganz ruhig im Park – nur die Vögel zwitschern in allen Tonlagen. Und um Rotkehlchen, Meise und Co. geht es an einem solchen Morgen dann auch.

Die Ornithologin Monika Siems erwartet ihre Gäste am großen weißen Tor der Parkverwaltung. Ausgestattet mit Ferngläsern setzt sich die Gruppe in Bewegung. Mit geübtem Blick und Ohr spürt sie auch die Vögel auf, die der Spaziergänger normalerweise nicht entdeckt – oder erkennt. Und viele sind überrascht, wie vielfältig die Vogelwelt im Bürgerpark ist. Weithin zu hören und leicht zu erkennen ist das Lachen des Grünspechtes. Aber wenn man das erste Mal das charakteristische zilp-zalp-zilp-zalp des gleichnamigen kleinen, olivbraunen Vogels gehört hat und es sicher wiedererkennen wird, hat sich das frühe Aufstehen gelohnt.

Und auch für die Nicht-Frühaufsteher gibt es Führungen durch den Bürgerpark. Der Blick ins Programm zeigt, dass die Themenvielfalt groß ist. Es gibt Kinder-, Familien- und Erwachsenenführungen, bei denen neben Geschichte und Pflanzenwelt des Parks Vögel, Pilze, Kräuter, Fledermäuse oder Denkmäler im Fokus stehen können. Und die Angebote erfreuen sich großer Beliebtheit. Biologen, Ornithologen, der Parkdirektor sowie Stadt- und Wanderführer bieten regelmäßig sachkundige und unterhaltsame Spaziergänge durch Bürgerpark und Stadtwald an.

Sehr beliebt sind beispielsweise auch die Führungen von Biologin und Reiki-Lehrerin Birgitta Looden, bei denen es mitunter mystisch wird. Sie verbindet naturkundliche Informationen zu Flora und Fauna mit dem Wissen um die heilsamen Kräfte der Natur zu einem ganzheitlichen Erlebnis.

Bei diesen Pflanzenführungen ist die Biologin ganz in ihrem Element. Mit ihrer ansteckenden Begeisterung wirkt sie wie ein wandelndes Kräuterlexikon. Ob Pestwurz oder Beinwell, Nelkenwurz oder Knoblauchsrauke, das Große Hexenkraut, Buschwindröschen oder Wald-Sauerklee, der verbreitete Beifuß oder die Brennnessel – zu allem kann sie sachliche Informationen, aber auch mythische Geschichten weitergeben.

Im Gegensatz dazu stehen bei den traditionellen gemeinsamen Führungen von Birgitta Looden mit dem Parkdirektor die Historie und die Besonderheiten des Bürgerparks im Vordergrund. Von der turbulenten Gründungszeit des Parks über die wechselvolle 150-jährige Geschichte bis hin zu den aktuellen Geschehnissen können die Teilnehmerinnen und Teilnehmer bekannte und unbekannte Details und Anekdoten über den Park erfahren und erfragen.

Einen ganz eigenen Zauber haben die Führungen bei Dunkelheit. Die ungewöhnlichen Geräusche der Nacht, die Möglichkeit, den Waldkauz zu hören und Fledermäuse zu sehen, faszinieren die Teilnehmer immer wieder.

Doch unabhängig von Thema und Tages- oder Jahreszeit: Am Ende einer Führung sind sich meist alle einig: Der Bürgerpark ist wirklich immer eine »Entdeckungsreise« wert – und dazugelernt haben die meisten auch noch etwas.

Naturnahe

Waldwichtel

xxx

Der Bürgerpark und die Kindergärten

Viele Bremer Kindergärten unternehmen irgendwann einmal einen Ausflug in den Bürgerpark. Aber es gibt nur eine Gruppe, die tagtäglich und bei fast jedem Wetter in den Park kommt und den Stadtwald zu ihrem Domizil gemacht hat: die »Waldwichtel«, eine Waldkindergartengruppe aus der Kindertagesstätte Stadtwichtel e.V. an der Parkallee.

Morgens gegen 8 Uhr packen zwei Erzieherinnen und ein bis zwei Helferinnen den Bollerwagen, um sich anschließend mit bis zu 18 »Wichteln« zum Stadtwald aufzumachen. Ihr Ziel ist einer von sechs Plätzen, an denen sie sich montags bis freitags den ganzen Vormittag aufhalten. Mittags geht es zum Essen meist ins Stadtwichtel-Haus zurück, ehe die Kinder von den Eltern abgeholt werden.

Es war der Umweltverband BUND, der die einst in Dänemark entwickelte Idee des Waldkindergartens nach Bremen brachte. Mit dem Elternverein der Stadtwichtel und dem Bürgerparkverein wurde ein Konzept entwickelt und geeignete Plätze für die Kinder im Stadtwald ausgewählt. Im Sommer 2002 zogen dann die ersten 18 Waldwichtel in den Wald.

In so einer Gruppe ist manches anders als in denen, die in einer Kindertagesstätte ihren festen Raum mit Tisch, Stuhl und Spielzeug haben. All das haben die Waldwichtel an ihren sechs Plätzen im Stadtwald nicht. An diesen Orten mit den schönen Namen »Der schlafende Riese«, »Rehplatz«, »Zwergenplatz«, »Geburtstagsplatz«, »Tempelplatz« und »Bussardplatz« gibt es Baumstämme zum Sitzen, den Boden, um Dinge abzulegen, und kein vorgefertigtes Spielzeug. Wechselkleidung liegt für alle Fälle im Bollerwagen bereit, das mitgebrachte Frühstück ebenfalls. Gespielt wird mit dem, was der Wald vorhält. Aufgabe der Erzieherinnen ist es, immer wieder eine Balance von freiem bewegten Spiel und angeleiteten ritualisierten Angeboten zu finden. Dafür bietet der Stadtwald als ständiger Aufenthaltsort den Kleinen einiges. Sie lernen die Natur ganzheitlich in jeder Jahreszeit und bei fast jedem Wetter kennen – lediglich bei Sturm, Gewitter und extremer Kälte bleiben die Kinder im Haus. Im Wald werden alle Sinne angesprochen, sind Kraft und Geschicklichkeit, aber auch Ruhe bei der Beobachtung von Tieren erforderlich. Zudem stärken die täglich mindestens vier Stunden an der

frischen Luft die Widerstandskräfte – die Waldwichtel, so zeigt die Erfahrung, werden seltener krank. Und wer ein »Waldwichtel« war, kennt Bäume, Pflanzen und Tiere meist besser als die Eltern.

Den Bürgerpark und Stadtwald erleben aber auch viele andere Bremer Jungen und Mädchen im Kindergartenalter. So oft wie möglich verbringen auch andere Gruppen aus den angrenzenden Stadtteilen Zeit im Grünen. Spielplätze und Tiergehege sind bei den Kleinen aus vielen Kindertagesstätten äußerst beliebt. Besonders verbunden ist dem Park auch die Kita Altmannstraße, ein 1992 als Elterninitiative gegründeter Kindergarten, der, wie auch die Stadtwichtel, Mitglied im Bürgerparkverein ist. Diese Kita hat im Park einen eigenen Kindergartenbaum, dessen Wachsen von den Kleinen begeistert begleitet wird. Die Kinder haben in der Vergangenheit im Rahmenprogramm von Feierlichkeiten im Park mitgewirkt und bei ihren Sommerfesten in der Altmannstraße ordentlich Spenden für den Bürgerparkverein gesammelt. Früh übt sich eben, wer auch später »seinen« Bürgerpark einmal unterstützen möchte.

Was für ein Theater

Das INTERAKTIWO

Mit der Wahrheit nimmt Hein Looper es bei seinen Führungen nicht immer so ganz genau. Er mischt Fakten und mit einem Augenzwinkern vorgetragene Döntjes munter durcheinander.

»Bürgerpark – anders als immer!?« und »Stadtwald – anders als immer!?« nennt Hein Looper seine Erkundungen, in denen er Wissenswertes und Unterhaltsames verknüpft, Kinder mit der Sprache der Bäume vertraut macht und Erwachsenen unter anderem die Gründungsgeschichte des Parks und des benachbarten Stadtwaldes näherbringt. Die Mischung ihrer Inhalte variieren je nach Zusammensetzung der Gruppe. Und das Konzept kommt an, die Führungen gehören seit Jahren zum festen Programm des Veranstaltungskalenders.

Hinter Hein Looper verbirgt sich das Theater INTERAKTIWO, das seit Jahren unterhaltsame szenische Führungen durch Bürgerpark und Stadtwald anbietet. Den rustikalen Führer spielt Christine Renken, Kopf und Motor des seit 2002 in Bremen bestehenden Privattheaters.

Etabliert haben sich zudem die Wanderungen mit den Bremer Stadtmusikanten, die die Theatergruppe in den Ferien auch als »Nachtwanderung« mit Taschenlampen anbietet. Ergänzt wird das Programm durch einen weihnachtlichen Spaziergang am Morgen des 24. Dezembers. Frei nach dem Stadtmusikanten-Motto »Gemeinsam sind wir stark« helfen die kleinen und großen Teilnehmer dem Esel Oskar – ebenfalls gespielt von Christine Renken – bei der Suche nach den anderen tierischen Musikanten. Dabei sind je nach Jahreszeit bestimmte Spiele wie Sackhüpfen, Lesen von Fährten und gemeinsames Gehen auf überdimensionalen Skiern Teil der Wanderung, die dann im Dyckhoff-Pavillon endet. Dort gibt es zum Abschluss eine gespielte Kurzversion des Stadtmusikanten-Märchens in der besonderen Taschenlampen-Beleuchtung – eine Aufführung, die bei den Kindern immer großen Eindruck hinterlässt.

Natürliches Kunstwerk

Das Denkmal Bürgerpark

Die Skulptur »Winter« vom Bildhauer Prof. Bernd Altenstein am Hollersee

Knapp 1.800 Kulturdenkmäler gibt es im Land Bremen. Dazu zählen Wohn- und Bürohäuser, ganze Straßen, Industrie- und Hafenanlagen, Kirchen und Grünanlagen – die Liste des Landesamtes für Denkmalpflege ist lang. Das flächenmäßig größte und mit mehr als 40 Einzelpositionen wohl auch vielfältigste Denkmal des Landes ist der Bürgerpark, der mit seinen Bäumen und Wiesen, Gebäuden, Brücken, Brunnen, Pavillons, Gartenstaffagen und historischen Bänken seit 1984 besonders geschützt ist.

Dr. Rolf Kirsch, stellvertretender Leiter des Landesamtes für Denkmalpflege und unter anderem für die Gartendenkmäler im Land zuständig, wäre froh, wenn alle geschützten Objekte aus Behördensicht so »pflegeleicht« wären wie der Bürgerpark. »Wir haben ja das große Glück, dass der Bürgerparkverein als Eigentümer der Anlage das gleiche Interesse wie wir hat, nämlich den Erhalt des Bürgerparks in seiner ursprünglichen Form und Anmutung.« Aus seiner Sicht folgt daraus, dass »wir eigentlich immer am gleichen Strang ziehen«.

Die Unterschutzstellung erfolgte in einer für den Bürgerparkverein unruhigen Zeit. Umweltschützer und Grüne kritisierten in den 1980er-Jahren die Parkverwaltung massiv wegen Baumfällungen. An der Notwendigkeit, ordnend in das Wachstum einzugreifen, hegte man im Landesamt für Denkmalpflege keinen Zweifel: »Der Generalplan des in Fachkreisen sehr geschätzten Gartengestalters und ersten Parkdirektors Wilhelm Benque setzte Maßstäbe, die zeitlos gültig sind. Der Bremer Bürgerpark gehört deshalb zu den bedeutendsten öffentlichen Stadtparks in Deutschland«, sagt Dr. Kirsch. Die vielfältigen Baumbestände, die Freiflächen mit ihren Sichtachsen, das Wegesystem, die Wasserflächen, die unterschiedlich genutzten Gebäude und malerischen Brücken stellen für ihn zweifellos schützenswerte Güter dar. »Dazu kommen die vielfältigen Nutzungsmöglichkeiten für die Bevölkerung und vor allem die besondere, von einem privaten Verein getragene Organisationsform, die man bei Parks dieser Größenordnung in Deutschland sonst nicht findet. Dieses Bremer Modell findet weithin Beachtung. In etlichen Parkanlagen gibt es Bestrebungen, diese Organisationsform zu übernehmen.«

Von besonderer Bedeutung ist für den Denkmalschützer der sehr gute Erhaltungszustand des Parks. Alterswert und Bild der Gesamtanlage seien entscheidende Kriterien bei der Beurteilung von geplanten Eingriffen in die Substanz der Anlage. »Wenn an Gebäuden oder Brücken Sanierungsmaßnahmen anstehen, werden wir selbstverständlich hinzugezogen und müssen beurteilen, ob vorgesehene Eingriffe und Veränderungen dem Denkmalcharakter gerecht werden.« Das ist dann manchmal ein Abwägungsprozess unterschiedlicher Interessen. Die Erweiterung des Park Hotels um einen Flügel war so ein Fall, der einvernehmlich gelöst wurde. Und auch als die Meierei ihr aktuelles »Gesicht« erhielt, arbeitete man eng zusammen. So bestand das Landesamt für Denkmalpflege bei der Gestaltung der Gartenanlage hinter dem eigentlichen Gebäude auf bestimmte Baumaterialien. Aufwendig gestalteten sich auch die Sanierungsarbeiten an der Waldbühne, dem letzten noch erhaltenen Pavillon der Nordwestdeutschen Gewerbe- und Industrie-

ausstellung von 1890. Aus Denkmalschutzgründen erhielt das Gebäude wieder ein Dach aus Zinkblech, das deutlich teurer war als die ursprünglich vorgesehene Lösung. »Solche Abwägungsprozesse, die dann auch schon mal ins Geld gehen, sind notwendig, um die wertvolle Bausubstanz im Bürgerpark dauerhaft zu erhalten. Da alle Häuser und Brücken im Park vorbildlich gepflegt werden, ist die Zusammenarbeit mit der Parkverwaltung für uns ein Selbstläufer.«

Das gilt im Grunde auch für den Baumbestand des Parks, der einem natürlichen Wandel unterliegt. Wenn altersschwache Bäume gefällt werden müssen, dann achten Denkmalschutz und Parkdirektor bei Neupflanzungen gleichermaßen darauf, dass die von Wilhelm Benque vorgesehenen Kulissen und Parkbilder eines Tages wieder entstehen. »Besonders knifflig war die Situation der alten Lindenalleen links und rechts vom Hollersee. Da haben wir lange nach Lösungen suchen müssen, die absehbar das gewünschte Bild wiederherstellen«, so Dr. Kirsch. Dass die Sichtachsen im Park bestehen bleiben und deshalb Büsche und Bäume manchmal weichen müssen, ist für Dr. Kirsch eine Selbstverständlichkeit. »Da erinnere ich dann ganz gern mal an einen Ausspruch eines anderen bedeutenden Gartenkünstlers, des Fürsten Pückler, der sinngemäß Folgendes postulierte: ›Das wichtigste Instrument der Parkpflege ist die Axt.‹«

Viel mehr als
Milchprodukte

Die Meierei

Gibt es einen schöneren Blick als den von der Terrasse der Meierei Richtung Süden über die Wiesen und das Park Hotel zu den Domtürmen in der Ferne? Wohl kaum. Denn schon für Wilhelm Benque war genau diese Zentralperspektive mit der Meierei am nördlichen Ende der waldgesäumten Wiesenschneise in seinem Generalplan für den Bürgerpark eins der wichtigsten Gestaltungselemente. Die von ihm gewünschte Mustermilchwirtschaft mit schlichtem Ausschank ist jedoch in den vielen Jahrzehnten seit der Eröffnung im Dezember 1880 über sich hinausgewachsen – zu einem Restaurant, das heute zu den beliebtesten Lokalitäten in Bremen gehört, sehr gern für Familienfeiern genutzt wird und zu allen Jahreszeiten, aber insbesondere im Sommer Besucher wegen der herrlichen Lage anzieht.

Wilhelm Benques Idee, eine »in ihrem Äußeren dem Charakter der Landschaft« angepasste Meierei

in den Park zu integrieren, gefiel insbesondere dem Kaufmann, Mäzen und langjährigen Vorsitzenden des Bürgerparkvereins Franz E. Schütte, sodass er 1879 die Zusage für die Finanzierung des Neubaus gab. 30.000 Mark stellte Schütte zunächst in Aussicht, über 46.000 Mark hat das Hauptgebäude mit Stall und Remise ihn letztendlich gekostet. Architekt Heinrich Müller plante ein mit üppigem Holzzierwerk geschmücktes Gebäude im Schweizerhaus-Stil mit Veranden zum Süden und zum Norden sowie einer Freitreppe zu der vor dem Haus liegenden Meiereiweide. Im Souterrain siedelte er die Küche, die Käserei und die Waschräume für die Milchkannen an, im Hochparterre die Gasträume. In der Remise war Platz für Wagen, Pferde und landwirtschaftliche Geräte, im Stall für 36 Kühe. Und im nördlich gelegenen Innenhof sah Müller einen großen Taubenschlag vor.

Im Jahre 1880 wurde die Meierei kurz vor Weihnachten eröffnet. Nur wenige Tage später brach eine Katastrophe über das neue Gebäude herein: Ein Deichbruch an der Wümme überflutete den Park und weite Teile Bremens kurz vor Jahresende. Die Meierei ragte hoch aus den endlosen Fluten heraus, doch das Kellergeschoss stand unter Wasser. Der

Oben: Ab 1882 lieferte die Meierei ihre Milchprodukte auch per Kutsche
Rechts: Die Meierei im Wandel der Zeit

einsetzende klirrende Frost sorgte für weite Eislaufflächen und so kamen zahllose Schlittschuhläufer auf ihren Kufen in die Meierei, wo sie in den oberen Räumlichkeiten noch mit wärmenden Getränken versorgt werden konnten. Die Überschwemmungen gingen erst nach drei Monaten zurück und hatten immense Schäden an Gebäuden und Park hinterlassen. Eine Wasserstandsmarke an der Emmabank zeugt noch heute von dem Unglück. Auch aufgrund der ungünstigen Bedingungen war es nun schwer, einen geeigneten Pächter für die Meierei zu finden. Und wieder sprang Franz E. Schütte ein und pachtete »seine« Meierei für 1.000 Mark pro Jahr. Schütte stellte ein Verwalterehepaar ein und der Geschäftsbetrieb entwickelte sich bald vortrefflich.

Milchprodukte wurden auch außer Haus geliefert, Tiervolieren, ein Bootsanleger und ab 1892 die ersten in Bremen eingerichteten Lawn-Tennisplätze erhöhten die Attraktivität der Meierei. Im Frühjahr 1900 musste allerdings die Haltung der eigenen Kühe aufgegeben werden, weil es immer wieder Beschwerden der Gäste über die Gerüche gab.

Bis zum Ersten Weltkrieg verlief die geschäftliche Entwicklung der Meierei sehr zufriedenstellend, zwischen den Kriegen lief der Betrieb dann u.a. wegen mehrerer Pächterwechsel nur schleppend. Den Zweiten Weltkrieg überstand die Meierei weitgehend schadlos, die Besetzung durch britische und US-amerikanische Soldaten, die Einrichtung eines Jugendclubs und einer Tageserholungsstätte für Kinder nach Kriegsende aber nicht – die Gebäude wurden in ihrem Inneren ziemlich ramponiert.

Die neue »alte« Meierei innen und außen

Ab Juli 1951 bekam der Bürgerparkverein seine Meierei wieder zurück, renovierte die Räumlichkeiten grundlegend und richtete auch wieder eine Gaststätte ein. Zwischen 1976 und 1980 konnten auch die Außenfassaden saniert und von letzten Kriegsschäden befreit werden. 1981 verpachtete der Verein die einstmalige Milchwirtschaft an das Park Hotel, dessen Eigentümer aus der Meierei ein Restaurant mit gehobenem gastronomischen Angebot machte. Im Jahre 2002 erfolgte eine Grundsanierung des Gebäudes. Nach der Insolvenz des Park Hotels übernahm im August 2013 die Firma Beckröge die Meierei als Pächter und gewann den Gastronomen Lothar Randecker als neuen Betreiber. Bevor das Restaurant im April 2014 mit neuem Konzept eröffnet werden konnte, wurde das Haus in enger Absprache mit dem Landesamt für Denkmalpflege so renoviert, dass die ursprüngliche Anmutung weitgehend wieder sichtbar wurde. Deutlichstes Zeichen war dabei der Wiederaufbau der Freitreppe zur Südterrasse, die 1904 verschwunden war.

So erstrahlt die Meierei wieder in altem Glanz und zieht Gäste aus ganz Bremen und »umzu« an. So schlicht und einfach wie 1880 ist der Ausschank und das Speisenangebot nicht mehr, ein Glas Milch steht aber immer noch auf der Karte. Und so lässt sich dann wie in alten Zeiten der einmalige Blick über die Meiereiwiesen auf das Park Hotel und die Domtürme genießen – und der ist damals wie heute unbezahlbar.

Herbst
im
Park

Zum Andenken

Die Denkmäler im Bürgerpark

Im denkmalgeschützten Bürgerpark sind die wichtigsten »Kunstwerke« natürlich die Bäume. Sie geben dem gartenkünstlerischen Gesamtwerk aus Bepflanzungen, Freiflächen und Wasserläufen sein Gesicht und seinen Charakter. Doch auch die Skulpturen, Brunnen und Pavillons sind aus dem Park nicht wegzudenken. Sie ergänzen, anders als in einer barocken Anlage, die für einen Landschaftsgarten typische Kulisse nur dezent und sind zudem zeitlose Zeugen der Verbundenheit der Spender mit dem Park.

Die meisten der Denkmäler im Park stammen aus der Gründergeneration und wurden zwischen den 1890er- und den 1930er-Jahren aufgestellt. Eine Ausnahme bildet der Jahreszeitenzyklus mit den vier Bronzen von Professor Bernd Altenstein, die 1991 an der Ost- und Westseite des Hollersees ihren repräsentativen Platz fanden. Ebenfalls von Altenstein stammt die 2004 im Miesegaes-Hain aufgestellte florale Spenderskulptur. Diese Bronze soll als dauerhaftes Zeichen die Dankbarkeit des Vereins für die Unterstützung durch die vielen engagierten Spender – im Großen oder im Kleinen – sein.

Als zweckdienliches Kunstwerk kam 2004 zudem der Bienen-Roland der Holzbildhauerin Birgit Jönsson in den Stadtwald. Diese drei Meter hohe, aus einer hundertjährigen Bürgerpark-Eiche geschlagene Statue beherbergt ein Bienenvolk und verweist so auf eine im 17. Jahrhundert erstmalig nachgewiesene Form der Imkerei, die sogenannte Figurenbeute.

Aber auch die bereits früh aufgestellten Kunstwerke im Bürgerpark sollten nicht nur der Verschönerung der Parklandschaft dienen. Vielfach spendeten wohlhabende Bürger künstlerisch wertvolle Objekte mit praktischem Nutzen wie Pavillons oder Bänke, die häufig zu Ehren einer bedeutenden Persönlichkeit errichtet wurden. Dazu zählt beispielsweise die Heine-Bank mit ihrer wechselvollen Geschichte. Sie war dem Park 1904 vom Literarischen Verein als schmiedeeiserne Jugendstilbank mit einem bronzenen Reliefmedaillon des Dichters Heinrich Heine und zwei Tafeln mit Versen geschenkt worden. Allerdings musste sie schon 1924 restauriert werden, nachdem Vandalen die Gedenkstätte stark beschädigt hatten. Danach wurde sie in den Eichenhain versetzt. Nach 1933 wurde wegen der

Links: »Siegfried, mit dem Drachen kämpfend« beim Park Hotel
Oben: Die Heine-Bank im Eichenhain

jüdischen Herkunft des Dichters polemische Kritik an der Bank im Park geübt. Der damalige Parkdirektor Riggers ließ daraufhin die drei Bronzetafeln abbauen und in der Parkverwaltung sichern. Dem Wunsch des Stifters, die nun neutrale Bank zu entfernen, verweigerte er sich nachdrücklich. Auch wenn die Bank im Zweiten Weltkrieg vollständig zerstört wurde, erwies sich die Vorgehensweise von Riggers als Glücksfall: Unter der Leitung des nachfolgenden Parkdirektors Günter Reinsch konnte dank einer großzügigen Spende der Tochter von G. Meyer-Plump, dem damaligen Vorsitzenden des Literarischen Vereins, und mit Unterstützung der Denkmalpflege anhand von zwei alten Fotos ein originalgetreuer Neubau ausgeführt und die von Riggers sichergestellten Tafeln wieder angebracht werden. Die kulturhistorische Bedeutung der Bank wurde im Jahr 2010 als Exponat am Bremen-Stand der EXPO in Shanghai unterstrichen.

In Sichtweite der Heine-Bank im Eichenhain wird mit einer Kombination aus Rundbank und schlankem Granitstein an den Schöpfer des Bürgerparks Wilhelm Benque erinnert, der sich eine solche Würdigung zu Lebzeiten immer verbat.

Ohnehin sind Bänke, ganz im Stile des hanseatischen Understatements, schon immer beliebte Spendenobjekte gewesen. So gibt es im Park die schon 1868 am Emmasee aufgestellte Emmabank aus Sandstein. Mit dem in Stein gemeißelten Motto des Bürgerparks

»Für Herr und Gesind'
Mann, Weib und Kind,
Zu Nutz und Freud'
Für alle Zeit!«

Oben: Die Skulptur »Musik« am Hollersee
Links: Die Skulptur »Afrikanischer Wasserbock« neben dem Park Hotel

verweist die Bank auf Gräfin Emma, die laut Sage den Bremer Bürgern die Bürgerweide und damit die Keimzelle des Parks geschenkt hat. Bei genauem Hinsehen kann man an der rechten Seite des Mittelbaus der Bank eine Markierung entdecken, die die Höhe des verheerenden Hochwassers von 1880 anzeigt. An den Hauptinitiator der Bürgerparkidee, den Kaufmann Johann Hermann Holler erinnert die steinerne Hollerbank am Marcusbrunnen. Diese im Jahre 1869 opulent gestaltete Rundbank wurde im Zweiten Weltkrieg zerstört. Aus Relikten der ursprünglichen Bank wurde 1959 ein stark vereinfachtes Nachfolgemodell geschaffen.

Auch der Marcusbrunnen, einer der beliebtesten Treffpunkte für Unternehmungen im Park, ist nach seinem Stifter benannt: dem Bürgermeister Victor Marcus. Der Entwurf der 1889 aufgestellten Anlage stammte von August Töpfer, dem damaligen Direktor des Bremer Gewerbemuseums. Auf einem Wasserbecken aus Sandstein thronten vier bronzene Pferde, die von Tritonen in zwei Metallschalen überragt wurden, geschaffen vom Bremer Bildhauer Diedrich Samuel Kropp als Ensemble in Anlehnung an den Brunnen in der berühmten Villa Borghese. Die Zierstücke wur-

Oben: Der Marcusbrunnen
Rechts: Steinmetzarbeiten an der Skulptur »Siegfried«

den 1942 im Rahmen der sogenannten »freiwilligen Metallspende« eingeschmolzen. Die beiden Schalen entgingen dieser Anweisung, da der damalige Parkdirektor Riggers das Material der Schalen klugerweise als Eisen und nicht als Bronze deklarierte. Dennoch ging der Brunnen erst 1959 und in vereinfachter Form wieder in Betrieb. Zahlreiche Spender ermöglichten schließlich, dass der Brunnen ab 1975 erneut mit einem künstlerisch gestalteten Aufsatz sprudelte – der Bremer Bildhauer Claus Homfeld schuf ein neues oberes Becken und vier Muschelschalen.

Die im Park aufgestellten Freiplastiken konzentrieren sich auf das Gelände am Hollersee und das Umfeld der Meierei. Mit drei klassizistischen Skulpturen ist dort der Münchener Bildhauer Constantin Dausch vertreten. Seine 1875 entstandene Darstellung des mit dem Drachen kämpfenden Siegfried aus Carrara-Marmor kam 1890 als Geschenk des Kaufmanns H. Lamotte an den Hollersee. Dauschs Darstellungen der »Musika« von 1877 und des »Jünglings mit Schicksalsgöttin« von 1878 waren ursprünglich für das Knoop'sche Landgut Mühlenthal in St. Magnus

Links: Die Skulptur »Tanz« am Hollersee
Rechts: Hugo Riggers mit der originalen Heine-Bank

entstanden und wechselten 1933 und 1937 in den Bürgerpark, wo sie heute an der Meierei und am Meiereisee stehen. Vier weitere Plastiken stehen an den Ufern des Hollersees und am Park Hotel: die 1885 geschaffenen allegorischen Darstellungen »Musik« und »Tanz« von Diedrich Samuel Kropp, der zeitweilig dem Vorstand des Bürgerparkvereins angehörte, und die naturalistischen Tierplastiken »Hirsch« und »Afrikanischer Wasserbock« aus den Jahren 1909 und 1910. Sie stammen vom Münchener Bildhauer Theodor Georgii, Schüler und Schwiegersohn des Künstlers Adolf von Hildebrand. Ebenso wie die Schalen des Marcusbrunnens und die Bronzetafeln der Heine-Bank rettete Parkdirektor Riggers diese beiden Tierplastiken vor dem Einschmelzen, indem er sie als gestohlen meldete, in Wirklichkeit aber in seinem Garten versteckte.

Von Adolf von Hildebrand selbst stammt das Denkmal für den wichtigsten Mäzen des Bürgerparks: Franz E. Schütte. Der Bremer Petroleum- und Ölkaufmann war von 1877 bis zu seinem Tod im Jahre 1911 der erste Präsident des Bürgerparkvereins. Ihm verdankt der Bürgerpark darüber hinaus die Finanzierung der Meierei, die Anlage des Stadtwaldes und des dort errichteten Aussichtspavillons sowie des im Krieg zerstörten und 1962 endgültig abgetragenen Aussichtsturms. Der Bildhauer von Hildebrand schuf die auf einer verzierten Stele platzierte Marmorbüste des langjährigen Vorsitzenden des Bürgerparkvereins, die ihren repräsentativen Standort in der Nähe des Niemitzbrunnens erhielt, im Jahre 1913. Als bedeutendes Kunstwerk wurde die Büste während des Zweiten Weltkriegs in der Kunsthalle aufbewahrt. Nach dem Krieg wurde die Skulptur in den Park zurückgeholt und in der Verwaltung eingelagert. Von dem Original fertigte man eine Nachbildung an, die ab 1957 an den alten Standort im Park zurückkehrte, während das Original einen neuen Platz in der Meierei fand.

So wacht der Mäzen Schütte auch heute noch an zentraler Stelle über das Wohlergehen des Parks – und registriert sicherlich mit Wohlwollen, dass sich auch weiterhin zahlreiche großzügige Spender für sein »liebstes Kind« engagieren.

Die »Spenderskulptur« im Miesegaes-Hain 2004

Hauptsache Holz

Erneuerung des Alfred-Hoffmann-Tores an der Zufahrt zur Parkverwaltung

Der Parktischler

Die Tischlerei im Bürgerpark ist so, wie man sich eine richtige Tischlerei vorstellt. Hier liegen moderne Geräte neben urtümlichen und über allem liegt ein Hauch von Holzspänen und Arbeitsatmosphäre.

Für die umfangreichen Aufgaben, die das ganze Jahr über anfallen, ist der Tischler der Bürgerparkverwaltung vom Hobel über die Kreissäge bis zum fahrbaren Sägewerk bestens gerüstet. Sein Alltag ist geprägt vom Reparaturgeschäft. Wenn gerade keine klemmenden Türen und Fenster gangbar gemacht werden müssen, wenn keine in die Jahre gekommenen Sitzbretter auf Bänken, keine maroden Wippen oder Hinweistafeln ersetzt und instand gesetzt werden müssen, dann baut der Bürgerparktischler neue Sitzgelegenheiten oder Schränke für Büros und Werkstätten sowie Schulungsmaterial für das Umweltbildungszentrum oder konstruiert Schneebretter, diese wunderbaren Giebelverzierungen für die im Schweizer Stil gebauten Häuser. Die Vielfalt der Tätigkeiten im Park, in den gastronomischen Betrieben, in den Wohn- und Wirtschaftsgebäuden hat für den Tischler schon immer den Reiz seiner Arbeit ausgemacht. Langeweile kommt da nie auf – im Gegenteil: Größere und langwierige Aufgaben muss er meist immer wieder unterbrechen, wenn es irgendwo im Park »brennt« und die Reparatur eines Spielgeräts,

eines Gatterzauns im Tiergehege oder einer mutwillig zerstörten Bank keinen Aufschub duldet.

Und doch fand der Tischler die Zeit, einen massiven Unterstand im Stadtwald selbst zu bauen, Einbauschränke in Büros und im Schulungszentrum zu konstruieren und herzustellen. Auch Türen und Fenster hat er vor vielen Jahren noch in seiner Werkstatt gebaut. Das lohnt sich heute nicht mehr, weil diese Arbeiten zu aufwendig sind. So hat er etwas Luft bekommen, etwa, um mit Akribie und Fachwissen für den Gerdes-Pavillon die massive achteckige Rundbank zu erneuern. Diese Aufgabe hätte der Parkdirektor niemand anderem anvertraut. Das Holz für Neubauten und Reparaturen kann der Tischler hin und wieder sogar aus dem eigenen Holzlager beziehen. Dieses Holz fällt mit Glück an, wenn im Park kranke Eichen oder Buchen gefällt werden müssen. Dann rückt unter der Aufsicht des Tischlers ein mobiles Sägewerk an und sägt aus noch gesunden Stammstücken passende Bretter und Bohlen ein, die dann auf dem Betriebshof unter Überdachungen abgelagert werden, bis sie zur Verwendung kommen können.

»Es ist schön, dass die Bäume, die wir im Park nicht halten können, so in anderer Form im Park verbleiben«, meint der Tischler. Besonders gern verarbeitet er alte Eichen. Aus ihnen werden Sitzflächen für Bänke, Pfosten für Hinweistafeln und hin und wieder auch noch Gerüste auf den Spielplätzen.

»Das wird allerdings weniger. Wir gehen im Park bei diesen Geräten zunehmend zu belastbareren und witterungsbeständigeren Materialien über«, sagt der Parkdirektor. Und der Tischler nickt zustimmend. Er ist nicht böse darum, es bleibt auch so eine Menge für ihn zu tun.

Oben: Einlagerung des frisch eingeschnittenen Bauholzes
Rechts: Tor, Steg oder Spielgerät – vielfältige Arbeiten der Parktischler

Tierisch
guter Bürgerpark

Die Fauna

Vom kleinen Zaunkönig bis zum großen Mäusebussard, vom flinken Eichhörnchen bis zum sehr aktiven Maulwurf – der Bürgerpark bietet mit seinen ausgedehnten Wald-, Wiesen- und Wasserflächen zahllosen Tierarten einen vielfältigen Lebensraum. Zu verdanken ist dies nicht nur der landschaftlichen Gestaltung des Parks, sondern auch der umsichtigen Parkpflege, die ökologische Gesichtspunkte stark berücksichtigt. Naturwiesen, durch dichtes Buschwerk kaum zugängliche bewaldete Flächen, naturnahe Uferzonen und liegen gelassenes Totholz bieten Rückzugsräume und fördern eine Vielfalt an Tieren.

Ein kompletter Überblick über alle im Park vorkommenden Arten ist an dieser Stelle kaum möglich. Allein die Insekten sind mit unzähligen verschiedenen Arten vertreten. Schmetterlinge, Fliegen und Mücken, Schnaken und Bremsen, Ameisen, diverse Libellen, verschiedene Wespen, Bienen und Hummeln – sie alle finden auf den Naturwiesen, im Strauchwerk und an den Gewässern ideale Lebensbedingungen.

Unter den heimischen Säugetierarten finden sich im Bürgerpark Kaninchen, Igel, Maulwürfe und diverse Mäusearten ebenso wie die große Familie der nachtaktiven Mardertiere – genau wie auch in anderen städtischen Parks und Gärten. Ungewöhnlich ist im Bürgerpark der stabile Bestand an Rehen, die sich häufig in den Morgen- und Abendstunden ohne Scheu in den Naturwiesen zeigen. Besonders auffällig ist auch die große Population der Eichhörnchen. Sie finden im Park ein reichhaltiges Nahrungsangebot u.a. an Haselnüssen und Eicheln. Dies hält sie aber nicht davon ab, sich an den angebotenen Futterplätzen in den benachbarten Gärten ungeniert zu bedienen.

In den Abendstunden kommen noch weitere Säugetiere zum Vorschein: Heimische Fledermausarten wie Großer Abendsegler, Breitflügelfledermaus, Wasser- und Zwergfledermaus ziehen in der Dämmerung ihre schnellen Kreise. Für unsere Ohren lautlos gehen sie auf ihre nächtliche Jagd nach Insekten.

Erfreulich vielfältig ist auch die Vogelwelt im Park. Rund 50 Arten haben Ornithologen im Park als ständige Bewohner ausgemacht. Die Vielfalt reicht von den häufig auch in unseren Gärten anzutreffenden Arten wie Blau- und Kohlmeise, Amsel, Buchfink und Rotkehlchen über Krähen, Elstern, Eichelhäher und Tauben bis hin zu mehreren Spechtarten und verschiedenen Greifvögeln. Mauersegler und der große, majestätische Mäusebussard lassen sich gut im Flug beobachten. Den Waldkauz und verschiedene Spechtarten können die Parkspaziergänger dagegen meist nur hören. Der Kauz lässt vorzugsweise in der Abenddämmerung seinen »schaurigen« Balzruf erklingen, Buntspechte fallen durch ihre lauten Trommelwirbel und Grünspechte durch ihren lachenden Gesang auf.

Zu den ständigen Bewohnern kommen mindestens nochmals ebenso viele Vogelarten, die nur Saisongäste sind. Hierzu zählen Eisvogel, Wintergoldhähnchen und natürlich auch der Star. Relativ neu im Park sind zwei Nilgans-Paare mit ihren charakteristischen dunklen Augenflecken, die auf der Insel im Schwanenteich offensichtlich einen idealen Brutplatz gefunden haben.

Wer sich beim Erkennen und Bestimmen der verschiedenen Arten nicht ganz sicher ist, kann sich einer der mehrmals im Jahr von Monika

Siems geleiteten Vogelführungen anschließen und viel Neues über die gefiederten Bewohner des Parks erfahren.

Aufgrund der zahlreichen Seen und Wasserzüge fühlen sich auch viele Wasservögel im Park wohl. Kormorane, Graureiher und Eisvögel schätzen die fischreichen Gewässer, während die diversen Entenarten sowie Teich- und Blesshühner Wasserpflanzen bevorzugen.

An den Wasserflächen und Gräben sind ebenfalls zahlreiche Fischarten und Amphibien heimisch. Teich- und Bergmolche, Erdkröten und verschiedene Frösche bevölkern die feuchten Zonen des Parks. In den Gewässern leben neben Teichmuscheln Hechte, Karpfen und Aale sowie verschiedene Weißfische.

Das Quaken der Frösche am Tag, die Rufe des Waldkauzes in der Dämmerung, Teichhuhnküken auf Seerosenblättern, schillernde Libellen im Sommer, Tierspuren im Schnee – zu jeder Tages- und Jahreszeit hat der Bürgerpark etwas zu bieten. Alles in allem vielleicht eine nicht allzu ungewöhnliche Fauna, aber mitten im Herzen der Stadt dann eben doch etwas ganz Besonderes!

Einsatz für die

Eichhörnchen-Wache

Die Polizei im Bürgerpark

Kann es ein schöneres Revier geben? Die Polizisten der »Eichhörnchen-Wache« des Reviers Schwachhausen können es sich kaum vorstellen. Immerhin ist ihre Dienststelle nicht nur mitten in Bremen, sondern auch direkt am »Waldrand« des Bürgerparks gelegen – und das schon von Beginn des Parks an.

Von hier aus macht Andreas Elfers einmal am Tag seine Runde durch den Bürgerpark, den er wie seine Westentasche kennt. Im Revier Schwachhausen ist er seit 1982 einer von fünf Kontaktpolizisten und zuständig für den Bürgerpark und das Barkhof-Quartier. Elfers sucht das Gespräch, ermahnt, setzt auf die Einsicht der Menschen im Park, die auf falschen Wegen radeln, ihre Autos neben den Parkplätzen abstellen oder ihre Hunde nicht anleinen. Präsenz zeigen, den Parkbesuchern das Gefühl geben, dass das Auge des Gesetzes auch in den Grünanlagen wacht – das ist den Polizeibeamten wichtig. »Auf meinen Runden komme ich eigentlich immer mit Spaziergängern ins Gespräch, beantworte ihre Fragen, helfe weiter, wenn jemand den Weg zum ›emma am see‹ nicht weiß oder den nächsten Anleger der ›Marie‹ sucht.«

Der erfahrene Polizist weiß, wie es um die Sicherheit im Park steht: Straftaten gibt es hier eigentlich kaum. Natürlich kommt es immer mal wieder zu Sachbeschädigungen oder Autoaufbrüchen auf den Parkplätzen beim Park Hotel oder am Torfkanal. Aber das sind genauso Ausnahmen wie Delikte, bei denen Menschen zu Schaden kommen. »Im Ganzen gesehen ist der Bürgerpark ein sehr sicherer Ort«, sagt der Polizeioberkommissar.

Das war stets auch der Anspruch des Vereins. Deshalb hatten die Ordnungshüter schon in den Gründerjahren eine Wache im Parkhaus, von wo aus sie die Parkaufseher unterstützten. 1920 verließ die Polizei die beengten Räume und zog in das Consumtionshaus (Zollerhebungshaus). Das befand sich an der Parkallee an der Einfahrt zur Ringstraße, also bereits am heutigen Standort. Bis zum Eintritt Bremens in das deutsche Zollgebiet 1888 wurden hier Zölle kassiert, 1889 übernahm der Bürgerparkverein das Gebäude mit zwei Wohnungen, von denen eine für den staatlichen Aufseher bei der Bürgerweidedeputation reserviert war. Die Polizei nutzte dieses Haus als Wache für den Bürgerpark, die

Die Eichhörnchenwache (links) und ihr Vorläufergebäude (oben)

Bürgerweide und den angrenzenden Stadtteil Schwachhausen. 1962 wurde das bis dahin außen im Originalzustand erhaltene historische Gebäude durch einen Neubau ersetzt.

Die räumliche Nähe von Wache und Bürgerpark führt zu vielen Berührungspunkten zwischen Polizei und Bürgerparkverwaltung im Alltag – vom verloren gegangenen Kind über die vergessene Geldbörse bis zur im See eingefrorenen Ente. Wichtig ist auch die reibungslose Kooperation bei Baumpflege- und Fällarbeiten an den Parkrändern entlang der angrenzenden Straßen. Besonders intensiv ist die Zusammenarbeit bei Großveranstaltungen wie »Musik und Licht«. Der direkte Draht zwischen »Eichhörnchen-Wache« und Parkverwaltung hilft, die allgemeine Sicherheit im Park zu gewährleisten.

Die Beamten der Parkwache 1910

Wie die Dienststelle an der Parkallee zu ihrem ungewöhnlichen Namen »Eichhörnchen-Wache« gekommen ist, weiß heute niemand mehr so genau. »Unsere Wache heißt schon sehr lange so. Neben dem Haupteingang hängt ein Sandsteinrelief, das ein Eichhörnchen im Stadtwappen zeigt. Wir haben hier ja immer mal wieder Eichhörnchen aus dem Park zu Besuch, vielleicht ist das der Grund«, mutmaßt Elfers. In der Parkdirektion munkelt man dagegen, dass dort vielleicht die vielen diebischen Eichhörnchen eingebuchtet werden, die regelmäßig Vogelhäuschen und andere Futterstellen knacken. Belege dafür lassen sich aber nicht finden. Und ganz so wichtig ist den Polizisten der Ursprung des Namens auch nicht. »Ich find's auf jeden Fall sympathisch«, sagt Elfers – und dem kann man sich wohl nur anschließen.

Natürlich schlau

Begrüßung des 40.000 Kindes

Die Umweltbildung

Noah, Nam Anh und Till, Schüler der Grundschule an der Schmidtstraße, waren sich einig in ihrem Urteil: Sie fanden den Ausflug cool. So ist es auf der Homepage der Schule im Internet über einen Besuch ihrer Klasse im Bürgerpark nachzulesen. Tierspuren haben sie am Schwanenteich gesucht und identifiziert. Und ein Klassenfoto vor einem großen Baum gemacht. Die Veränderung dieses Baumes wollen die Jungen und Mädchen über ein Jahr begleiten.

Aber Noah, Nam Anh und Till aus dem Bremer Viertel sind nur drei von mehr als 2.000 Kindern und Jugendlichen, die Jahr für Jahr den Bürgerpark und den Stadtwald als außerschulische Lernorte besuchen. Sie kommen aus der ganzen Stadt und sogar aus dem niedersächsischen Umland in das Informationszentrum des Bürgerparks. Dort bietet die pädagogische Mitarbeiterin Ulrike Graf eine große Palette von Themen an, mit deren Hilfe sie bei den jungen Besucherinnen und Besuchern zuallererst Spaß und Freude an der Natur wecken möchte. Dabei lernen die Kinder spielerisch den Bürgerpark kennen und schätzen.

Das Angebot ist bei Schulen und Kindergärten so beliebt, dass im Jahr 2015 im Beisein des Präsidenten des Bürgerparkvereins und der Senatorin für Kinder und Bildung das 40.000 Kind im Rahmen der Umweltbildung begrüßt werden konnte.

Natürlich war der Park immer schon ein lohnendes Ziel für Klassenausflüge der Stadtkinder. Hier ist die Natur mit allen Sinnen erlebbar, hier können die Schüler Pflanzen und Tiere kennenlernen. Aber erst seit 1995 gibt es auf dem Gelände der Parkverwaltung ein großzügiges Informationszentrum als Basisangebot für die Umweltbildung. In dem hellen, freundlichen Raum treffen sich die kleinen Gäste mit der pädagogischen Mitarbeiterin der Parkverwaltung, die in ihrer Arbeit häufig von einer Absolventin des Freiwilligen Ökologischen Jahres unterstützt wird. Zuerst wird gemeinsam gefrühstückt, dann werden die Kinder auf das Thema des Morgens im Park eingestimmt. Erste kleine Spiele, manchmal eine Frage- und Antwortrunde – dann geht's an die frische Luft.

Schon bevor die Kinder kommen, haben die Mitarbeiterinnen des Parks einen Handwagen mit Materialien bepackt, die bei der anschließenden Exkursion benötigt werden. Wenn beispielsweise mit Grundschulkindern im Mai Amphibien als Thema des zwei- bis dreistündigen Aufenthalts im Park ausgewählt wurde, dann ist der Wagen mit zahlreichen Keschern für das Fangen von Kaulquappen, mit kleinen Aquarien und Bestimmungsbögen bestückt. Nur unter Aufsicht darf der Frosch-Nachwuchs am Schwanenteich oder am Hollersee gefangen und bestaunt werden, ehe er dann wieder zurück ins Wasser gesetzt wird.

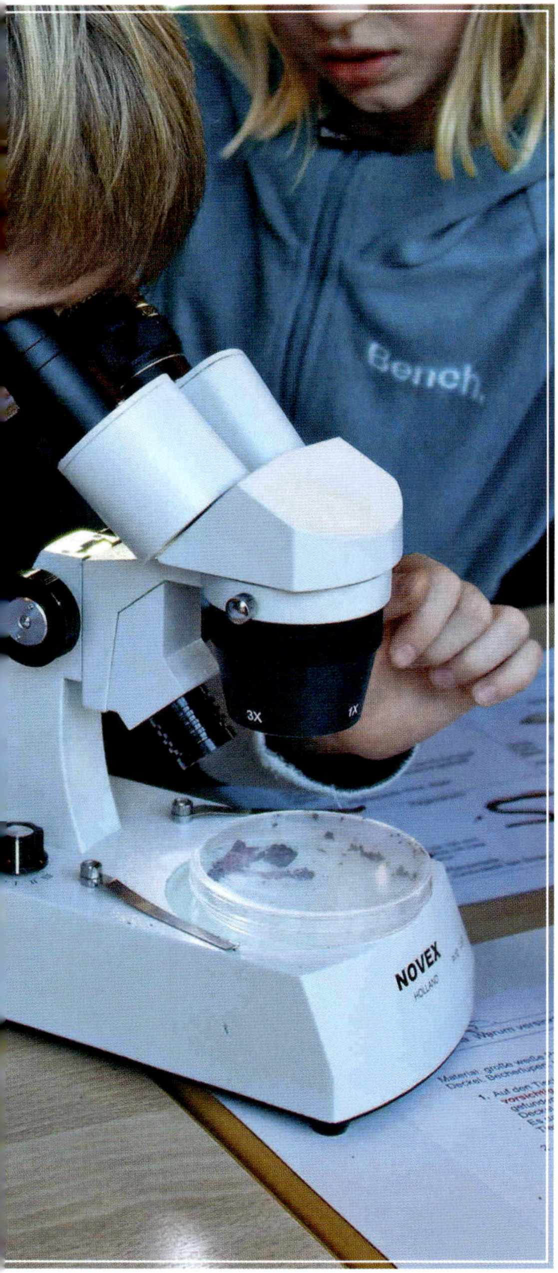

Umweltbildung im Bürgerpark ist ein sehr weites Feld – sie wird von Ulrike Graf für Kindergartengruppen, für Grundschulklassen und für Jungen und Mädchen bis zur 10. Klasse altersgerecht konzipiert und angeboten. Für die Natur-Themen und auch zur Geschichte des Bürgerparks sind eigens Informations- und Arbeitshefte entwickelt worden, die bei Bedarf im Klassensatz abgegeben werden.

Die Angebote der Umweltbildung im Bürgerpark richten sich nicht nur an unterschiedliche Altersgruppen, sie variieren auch je nach Jahreszeit. Wie kommen Tiere durch den Winter? Welche Spuren hinterlassen sie? Wie leben Vögel im Park? Welche Arbeit verrichten Bodentierchen? Welche unterschiedlichen Bäume gibt es? Und wie kam es zur Gründung des Bürgerparks? Solche und viele andere Fragen lassen sich anschaulich und spielerisch bei den Besuchen im Park beantworten.

Die pädagogische Mitarbeiterin der Parkverwaltung, die regelmäßig auch Seminare für Referendare im Schuldienst anbietet, hat zudem Angebote entwickelt, die Schulklassen oder Kindergeburtstagsgesellschaften selbstständig absolvieren können. Für die Rallyes durch den Bürgerpark und den Stadtwald wurden Mappen mit Wegeplan und Aufgabenkarten erstellt, die je nach Altersstufe, Anlass und Zeitdauer der geplanten Tour zusammengestellt werden. Auf eine ganz besondere

Art kann man den Park bei einer speziell für einen Ausflug per Ruderboot oder mit dem Motorschiff »Marie« entwickelten »Bootsrallye« entdecken.

Für Schülerinnen und Schüler der 5. und 6. Klassen gibt es darüber hinaus die Stadtwaldspiele als weiteres Angebot. Diese Teamspiele umfassen 17 bis 20 Stationen, an denen gesägt, gelaufen, geworfen, gefühlt sowie Pflanzen und Tiere erkundet werden. So wechseln sich sportliche Aktivitäten mit Fragen zur Natur ab. Auch hier stellt der Bürgerparkverein die Materialien bereit und leitet die Kinder an.

Zu den Umweltbildungsangeboten zählt schließlich auch der von Ulrike Graf entwickelte und im Stadtwald eingerichtete Naturlehr- und Erlebnispfad mit 15 Stationen. Für Hintergrundinformationen und Tipps zur Bearbeitung der Aufgaben gibt es in der Parkverwaltung einen kleinen Prospekt mit Wegeplan sowie eine Broschüre.

Bei so viel Auswahl steht dem Naturerlebnis mitten in der Stadt nichts mehr im Wege. Cool fanden es neben Noah, Nam Anh und Till übrigens auch die anderen teilnehmenden Kinder aus dem Bremer Viertel. Und solche Rückmeldungen sind für Ulrike Graf das allergrößte Lob für ihre Arbeit!

Mahnmale
der Vergangenheit

Der Hochbunker in Höhe der Bulthauptstraße

Die Bunker im Park

Als Relikte einer düsteren Vergangenheit stehen im Bürgerpark direkt an der Parkallee zwei Hochbunker und ein flacher Bunker. Alle drei Bauwerke sind im Zweiten Weltkrieg im Rahmen des »Führer-Sofortprogramms« nach 1940 errichtet worden. Mittlerweile sind sie in städtischem Besitz und nicht mehr als Schutzbauten aktiv. Der flache Bunker nördlich des Alten Schießhauses dient der Bürgerparkverwaltung heute als Lagerraum. Die beiden Hochbunker in Höhe der Benquestraße und der Bulthauptstraße werden in Teilen als Übungsraum von Musikgruppen genutzt.

In der jüngeren Bremer Geschichte spielten diese beiden Hochbunker eine besondere Rolle: Dorthin hatten sich zum Ende des Zweiten Weltkrieges der örtliche Kampfkommandant, die NS-Kreisleitung,

der NS-Bürgermeister und die Polizeiführung zurückgezogen. Erst als sie nach heftigem, aber völlig aussichtslosem Widerstand der außerhalb der Schutzbauten lagernden Soldaten am 27. April 1945 die weiße Flagge hissten, war der Krieg endlich vorbei und Bremen komplett durch die britischen und kanadischen Soldaten von den Nazis befreit.

Abgesehen von der kulturellen Nutzung sind diese massiven 13 mal 13 Meter messenden, fünfstöckigen Betonbauwerke weitgehend funktionslos und dienen allenfalls Fledermäusen als Schutzraum und Vögeln als Nist- und Brutstätte. Ein Umbau zu Wohnzwecken ist wegen der Lage im Bürgerpark ausgeschlossen, ein Abriss wegen der enormen Kosten und der damit verbundenen Beeinträchtigungen der sensiblen Umgebung ebenfalls unmöglich. Anders als die übrigen Gebäude im Park und der Bürgerpark selbst stehen die Bunker nicht unter Denkmalschutz. Doch vielleicht kommen sie auch noch einmal groß heraus: Im »Location Guide« der Filmfördergesellschaft nordmedia Niedersachsen/Bremen werden sie zumindest als besonders pittoreske Drehorte empfohlen.

Oben: Der Flachbunker nördlich des Schießhauses
Rechts: Der Hochbunker in Höhe der Benquestraße

Kleiner Bruder ganz groß

Der Aussichtsturm im Stadtwald

Der Stadtwald

Ein bisschen ist der Stadtwald der kleine Bruder des Bürgerparks – nicht nur, weil er 40 Jahre jünger ist. Er konnte auch nie so ganz aus dessen Schatten heraustreten – zu Unrecht, denn schließlich verfolgte man schon bei der Planung, wie auch der Name verrät, ein ganz anderes Konzept.

Freiflächen, Wege, Wasserläufe, Seen und baumbestandene Areale sind im Bürgerpark genau aufeinander abgestimmt und gehen eine harmonische Verbindung ein. Im nördlich der Bahntrasse Richtung Hamburg gelegenen Stadtwald dominieren die von Laub- und Nadelhölzern eingenommenen Flächen, die durch geschickt angelegte Wiesenpartien unterbrochen werden. Schon Parkdirektor Carl Ohrt betonte in seiner von 1906 bis 1908 auf der früheren Bürgerweidekämpe realisierten Erweiterungsplanung für den Bürgerpark eindeutig den Waldcharakter dieses Parks. Er sah auf der Ost- und auf der Westseite jeweils einen größeren Nadelholzbereich vor. Dazwischen plante er Gebiete mit nach

Arten geordneten Laubgehölzen, wenige Lichtungen und einen Stadtwaldsee, an dessen nördlichem Ufer ein sieben Meter hoher Hügel mit Aussichtsturm vorgesehen war. Als einziges weiteres gemauertes Bauwerk plante er ein aufwendig gestaltetes Aufseherhaus mit achteckigem Grundriss an der Parkallee.

Gegliedert wurde das 66,5 Hektar große Gelände durch zwei von Linden gesäumte breite Alleen, die sich im Zentrum des Waldes kreuzten, ergänzt durch ein Netz schmaler Fußwege. Als Abgrenzung zur Bahntrasse war eine große, über 800 Meter lange Lindenallee vorgesehen. Zur Verbindung von Bürgerpark und Stadtwald sah Carl Ohrt auf Hälfte der Bahnstrecke eine Unterführung vor, die leider nicht realisiert wurde. Bis heute ist es der Wunsch des Bürgerparkvereins, diese Unterführung zu bauen und damit die Planung von Carl Ohrt zu vervollständigen.

Bis Herbst 1909 wurden 525.000 Laub- und Nadelholzbaumpflänzlinge, 75.000 Niederhölzer und 1.940 Alleebäume gepflanzt, das Aufseherhaus gebaut und der Aussichtspavillon nach Plänen des Architekten Gabriel von Seidl, der auch das Neue Rathaus entwarf, errichtet. Die Kosten von 250.000 Mark übernahm vollständig der damalige Präsident des Bürgerparkvereins Franz E. Schütte.

Allerdings hat sich der Stadtwald bis heute immer wieder stark verändert. Ein Grund dafür ist der hohe Grundwasserstand, der das Wachstum und die Standfestigkeit einiger Baumarten erheblich beeinträchtig-

Oben: Das Aufseherhaus im Stadtwald von 1907
Rechts: Die große Lindenallee

te und viele Wege immer wieder unpassierbar machte. Der Zustand des Stadtwaldes hatte sich nach dem Ersten Weltkrieg derart verschlechtert, dass auswärtige Fachleute sogar die komplette Abholzung empfahlen. Parkdirektor Hugo Riggers entschied sich jedoch für die Auslichtung des Baumbestandes, die Erhöhung der Wege und eine Optimierung des Entwässerungssystems. Die aus allen vier Himmelsrichtungen in die Mitte des Stadtwaldes strebenden Alleen wurden mit den Jahren aufgegeben – heute ist aus den Ursprungsjahren nur noch die beeindruckende Lindenallee parallel zum Bahndamm erhalten.

Zu einschneidenden Veränderungen im Baumbestand führten zwei Orkane in den Jahren 1962 und 1972, die die Nadelholzflächen fast vollständig vernichteten. An ihrer Stelle entstanden Areale mit Laubbäumen, die bis heute Bestand haben. Nach dem Bau der Universität wurde das Wegenetz an mehreren Stellen zum neu entstandenen Unisee geöffnet. Weil der Kuhgraben als Verbindung zwischen der Kleinen Wümme und den Gewässern des Bürgerparks mit der Verbreiterung der Parkallee zugeschüttet wurde, entstand als neue Zuleitung der Stadtwaldgraben.

Den Freizeitwert des Stadtwaldes steigerte ab den 1970er-Jahren u. a. die Anlage eines großen Spielplatzes an der Nordseite. Neben verschiedenen Spielgeräten wie z. B. einer großen Seilrutsche bietet die umgebende ausgedehnte Spielwiese Raum für allerlei Bewegungsspiele. Läufer schätzen im Stadtwald neben den vielen schattigen Wegen die gelenkschonende und bis in die späten Abendstunden beleuchtete Finnbahn.

Der Naturlehr- und Erlebnispfad bietet mit seinen 15 Info-Tafeln Spannendes und Wissenswertes – eine Erkundung lohnt sich sowohl allein als auch in der Gruppe. Fußfühlpfad, Baumtelefon und Klanghölzer zum Ausprobieren gehören ebenso zum Pfad wie Informationen zu heimischen Fledermäusen und Spechten oder zur Arbeit und Aufgabe der Weg- und Wiesenameisen.

Ein Schwerpunkt bei der Pflege des Stadtwaldes liegt für die Bürgerparkverwaltung auf der Durchforstung des in die Jahre gekommenen

Altbaumbestandes und auf standortgerechten Neupflanzungen. Im südwestlichen Teil des Stadtwaldes entsteht dabei seit geraumer Zeit eine Naturwaldparzelle, in der das Totholz als Lebensraum z. B. für Pilze und Insekten liegen bleibt. Das für viele Besucher ungewohnte »Durcheinander« aus umgestürzten Bäumen und zum Licht strebenden Schösslingen bietet besonders vielen Arten einen wertvollen Lebensraum.

Als weitere Sonderfläche entwickelt die Parkleitung gemeinsam mit dem »Bremischen Deichverband am rechten Weserufer« in der Nordost-Ecke des Stadtwaldes ein Retentionsgewässer für die benachbarte Kleine Wümme. Auf den neu geschaffenen Wasser- und Wiesenflächen kann die Natur ungehindert ihre vielfältige Dynamik entwickeln. Dadurch entsteht ein Rückzugsraum für Flora und Fauna, der sich in den kommenden Jahren noch deutlich verändern wird.

Besucher können hier deshalb ständig Neues entdecken und viele fast schon verwunschen wirkende Orte mit mehr Ruhe als im »großen Bruder Bürgerpark« genießen. Naturliebhabern bieten sich zahlreiche Möglichkeiten zur Beobachtung der Tier- und Pflanzenwelt, die schattigen Wege versprechen an heißen Tagen kühle Entspannung: Ein Besuch ist also zu jeder Zeit lohnend. So geht der »kleine Bruder« seinen ganz eigenen Weg – und bleibt der »Familie« dennoch treu.

Allerfeinste Lage

Das Wätjen-Haus von 1894

Die alten Aufseherhäuser

Es wäre der Traum eines jeden Immobilienmaklers: »In Bremens grünem Herzen mit historischem Charme ...« Sechs dauerhaft bewohnte Gebäude gibt es im Bürgerpark. Sie alle stammen vom Ende des 19. bzw. Anfang des 20. Jahrhunderts und waren ursprünglich oft Aufseherhäuser oder auch Gebäude für gastronomische Nutzung.

Das bekannteste ist sicherlich das Schweizerhaus mit der Dienstwohnung des Parkdirektors. Ähnlich auffällig ist die in der Nähe des Torfhafens gelegene, 1901 als Parkwärterhaus errichtete Elisenstiftung. Von seiner offenen Veranda oder aus dem Wohnzimmerfenster konnte der Parkwächter jeden Besucher sehen – und war umgekehrt natürlich auch für jeden Passanten Ansprechpartner.

Die Bewachung der Anlage war in den Gründerjahren ein großes Thema. Der Vorstand des Bür-

gerparkvereins wollte die Sicherheit durch den Bau mehrerer Aufseherhäuser gewährleisten. Um so ein Gebäude errichten zu können, war der Bürgerparkverein auf großzügige Mäzene angewiesen. Eine davon war Elise Köncke, die Tochter des dem Park tief verbundenen Kaufmanns und Reeders Johann Diedrich Köncke, die dem Bürgerparkverein am 1. März 1901 eine Stiftung von 10.000 Mark zukommen ließ und damit den Bau der Elisenstiftung ermöglichte. Die Pläne lieferte die Architektengemeinschaft Klingenberg und Weber, die schon 1897 mit dem Bau des zweiten Kaffeehauses am Emmasee betraut worden war. Die Elisenstiftung wurde im »nordischen Stil« erbaut. Besonders auffällig ist das fantasievoll gestaltete Balkenwerk, das Seitengiebel und Dacherker ziert. Wetterfahnen und Figuren in diesem filigranen farbigen Schnitzwerk entstammen der nordischen Mythologie.

Die edle Spenderin wurde öffentlich nicht benannt, aber mit einem im Giebel platzierten Schild »Elisenstiftung 1901« geehrt. Bis 2001 lebten in diesem Haus stets Mitarbeiter der Bürgerparkverwaltung; seitdem ist es frei vermietet.

Die Elisenstiftung von 1901

Das Alte Schießhaus von 1861

Im Jahr 2001 wurde das Gebäude mit Mitteln der Commerzbank Stiftung saniert. Als besonders aufwendig erwies sich dabei die Erneuerung der vielfältigen Holzverzierungen an den Außenfassaden und dem Dach. Hier leisteten die Tischler und Maler der Parkverwaltung ganze Arbeit.

Das nördlich der Ringstraße und nahe der Parkallee gelegene Alte Schießhaus erfuhr schon sehr früh erste Umbaumaßnahmen – immerhin ist es ja auch älter als der Bürgerpark. Es wurde 1861 vom Maurermeister Caspar Friedrich Holländer als Teil eines militärischen Schießplatzes gebaut, der für den Park verlegt wurde. Der Bürgerparkverein konnte das Haus 1874 übernehmen und nach Plänen von Hermann Deetjen zu einem Wärterhaus umbauen. 1881 übernahm der im Bürgerpark vielerorts tätige Architekt Heinrich Müller die Bauleitung für eine weitere Modernisierung, die dem später vielfach sanierten Schießhaus seine noch heute erkennbare Form gab. Damals wie heute lebt dort ein Parkmitarbeiter.

Das wegen seines ungewöhnlichen Grundrisses besonders auffällige Aufseherhaus auf einer Anhöhe im Stadtwald am Rande der Parkallee wurde 1997 grundlegend saniert. Es wurde 1907/08 nach Plänen der wiederholt für den Bürgerparkverein tätigen Architekten Friedrich Wellermann und Paul Frölich gebaut. Franz E. Schütte, der bedeutendste Mäzen des Parks, schenkte dem Bürgerparkverein mit dem Stadtwald auch dieses Wohnhaus. In dem achteckigen Zentralbau mit zwei seitlichen Flügeltrakten wohnen seit 1908 ausschließlich Mitarbeiter des Bürgerparkvereins.

Das kleine, aber feine Wätjen-Haus in der nordwestlichen Ecke des Bürgerparks nahe dem Torfkanal – benannt nach der Spenderin, der Witwe des Bremer Reeders Diedrich Heinrich Wätjen – ist seit 1893/94 Teil des Bürgerparks. Architekt Albert D. Dunkel entwarf dieses Gebäude im vornehmen Landhausstil mit roten Backsteinwänden, weiß verputztem Fachwerk und einem mit Erkern verzierten Walmdach. Auch dieses Aufseherhaus wurde in den 1990er-Jahren umfassend saniert und ist mittlerweile frei vermietet.

Eine bewegte Nutzungsgeschichte weist auch die im Sommer 1882 nach Plänen von Heinrich Müller erbaute Meiereivilla auf. Das am Nordufer des Meiereisees angesiedelte zweigiebelige Haus sollte ursprünglich als gastronomische Ergänzung für die gegenüberliegende Meierei dienen. Zusätzlich nutzte man das Gebäude als Kulisse, um den dahinter entstehenden kleinen Betriebshof mit Ställen und Remisen zu verdecken. Wenig später wurde die Villa als Gesellschaftshaus für die benachbarten Lawn-Tennisplätze genutzt und 1899 schließlich als Sommerwohnung vermietet. 1910 richtete der Bürgerparkverein hier Dienstwohnungen für seine Mitarbeiter ein. Im Jahr 2000 war dann eine Grundsanierung des wunderschön mit einer breiten Veranda zum See gelegenen Gebäudes nötig. Seitdem werden die Wohnungen in der Villa durch Parkmitarbeiter bewohnt bzw. frei vermietet – sicherlich eine der idyllischsten Adressen in Bremen.

Oben: Das Aufseherhaus im Stadtwald von 1907
Rechts: Die Meiereivilla von 1882

Musik und Licht

Das Konzert am Hollersee

Bescheidenheit ist hier fehl am Platze: Es gibt bundes-, ja vielleicht sogar europaweit kein derartiges Konzert! Jedes Jahr im September begeistert »Musik und Licht am Hollersee« je nach Wetterlage mehr als 20.000 Menschen. Die Musik, die Kulisse am See, das Feuerwerk und am Ende mit »Der Mond ist aufgegangen« stets ein gemeinsames Lied – es gibt weit und breit kein Jugendsinfonieorchester, das mit einem Freiluftkonzert so eine Resonanz erfährt.

Das alles begann im Jahr 1989. Der Bremer Kaufmann Hans-August Kruse begeisterte den Bürgerparkverein, das Jugendsinfonieorchester Bremen-Mitte, das Park Hotel und einige Sponsoren für seine Idee, einmal im Jahr am Hollersee ein eintrittsfreies Konzert zu veranstalten. Der Aufwand war beträchtlich – es musste eine große Bühne her und eine Tonanlage installiert werden. Das sensible Gelände um den See war herzurichten, der Verkehr zu regeln, Fackeln für den Verkauf zu besorgen und, und, und – ein Riesenpensum, vor allem für die Mitarbeiter der Parkverwaltung. Schon zur Premiere am 24. September 1989 kamen rund 8.000 Menschen an den Hollersee. Ein Ereignis, von dem anschließend die ganze Stadt sprach!

Dass dieses erste »Musik und Licht am Hollersee« so ein Erfolg wurde, war nicht zuletzt dem Dirigenten und Leiter des Jugendsinfonieorchesters, Heiner Buhlmann, zu verdanken. Seine Programmzusammenstellung und die akribische Vorbereitung der jungen Musikerinnen

und Musiker auf diesen für sie gewiss nicht alltäglichen Auftritt vor so vielen Menschen prägte die Premiere und alle weiteren Konzerte bis zu seinem Abschied und der Übergabe des Taktstocks an seinen Nachfolger Martin Lentz im Jahr 2011.

»Musik und Licht« wurde zur regelrechten Kultveranstaltung. Zum festen Bestandteil des Repertoires gehören bis heute der »Kaiserwalzer« von Johann Strauß (Sohn), die »Feuerwerksmusik« von Georg Friedrich Händel und das zum Abschluss gemeinsam gesungene Lied »Der Mond ist aufgegangen« von Matthias Claudius. Höhepunkt des Abends ist jedes Jahr für viele Besucher das zu Händels gleichnamiger Musik von einem Ponton auf dem Wasser gezündete und zwischen Dirigent und Pyrotechniker abgestimmte Feuerwerk.

Die Atmosphäre am abendlichen See, in dem sich Tausende Fackeln spiegeln, ist für sich genommen schon ein Erlebnis. Die dazu gespielten populären Klassik-Höhepunkte und modernen Orchester-Stücke lehnen sich an die englische »Last Night of the Proms« an – und reißen die Zuhörer genauso mit. Schon mehrere Stunden vor Konzertbeginn sichern sich die ersten Gäste – ausgerüstet mit Getränken, Snacks und Picknickdecken – Plätze rund um den See.

Der Aufwand, der für diese, neben dem Kindertag, größte Veranstaltung im Bürgerpark Jahr für Jahr betrieben werden muss, ist allerdings immens. Den Bühnenaufbau, die Installation der aufwendigen Tontechnik und des Feuerwerks erledigen professionelle Unternehmen. Die Ausstattung des Geländes mit Fahrradständern, Papierkörben und Absperrungen für einen reibungslosen Ablauf des Abends erledigen die Mitarbeiter der Bürgerparkverwaltung, genauso wie die anschließende Reinigung des Geländes. Für die Sicherheit der Besucher sorgen Rettungskräfte, Polizei und Feuerwehr. Die Kosten dafür trägt der Bürgerparkverein, soweit nicht Sponsoren gewonnen werden können. Der Erlös aus dem Fackelverkauf und Spenden am Abend teilen sich das Jugendsinfonieorchester und der Bürgerparkverein. Diese Einnahmen variieren von Jahr zu Jahr stark und können die Kosten für eine solche

Großveranstaltung bei Weitem nicht decken. Damit »Musik und Licht« auch weiterhin eintrittsfrei bleiben kann, bedarf es immer wieder großzügiger Sponsoren. Gleichzeitig appellieren die Veranstalter während des Abends regelmäßig an das Publikum, Fackeln zu kaufen oder auch einfach so zu spenden.

Auch für das Jugendsinfonieorchester Bremen-Mitte ist dieser Auftritt mit sehr viel Aufwand verbunden – aber der Abend im September ist die Mühe ohne Frage wert, weiß Martin Lentz, jetziger Leiter des Orchesters. Schon wenige Wochen nach dem Auftritt am Hollersee werden Teile des Programms für das darauffolgende Jahr konzipiert, Gesangssolisten kontaktiert und die entsprechenden Proben beginnen. Das eine oder andere Musikstück wird von den etwa 90 jungen Musikerinnen und Musikern schon bei Auftritten und auf Tourneen vor dem Hollersee-Konzert gespielt, sodass sie für den »großen« Abend die nötige Routine erlangen. Direkt vor »Musik und Licht« finden zwei intensive Probenwochenenden statt, an denen dann auch ehemalige Orchestermitglieder teilnehmen, die alle das »Hollersee-Fieber« in sich tragen und an die aktuellen Musiker weitergeben. Nach obligatorischem Soundcheck und Generalprobe folgt endlich am Abend der Auftritt vor Tausenden von Zuhörerinnen und Zuhörern.

Das ist auch für die jungen Musikerinnen und Musiker ein ganz besonderes und unvergessliches Erlebnis, das sie aus Altersgründen nur wenige Male als reguläre Mitglieder des Jugendsinfonieorchesters Bremen-Mitte genießen dürfen.

Kälte, hin und wieder Regen, manchmal eine kräftige Brise – all das vergisst man, wenn die Menschen rund um den Hollersee begeistert mitgehen und der Applaus für das Orchester, den Dirigenten und die Solisten nicht enden will. Und unter dem Eindruck des stimmungsvollen Abschlussliedes freuen sich dann alle auf dem nächtlichen Nachhauseweg schon auf das nächste Jahr.

Symbole der Verbundenheit

Die Brücken im Park

Die Marie-Bergmann-Brücke im Morgennebel

Sie fügen sich so harmonisch in das Gelände ein, dass man sich den Bürgerpark ohne sie kaum vorstellen kann – zumal weder die Meierei noch das Tiergehege oder der Gerdes-Pavillon ohne sie zu erreichen wären: Zehn Brücken verbinden im Bürgerpark die Spazierwege über die Wasserläufe hinweg.

Ihnen kommt schon in Wilhelm Benques Generalplan für den Bürgerpark eine große Bedeutung zu. Denn neben bewaldeten Flächen und offenen Wiesen prägt ein ausgeklügeltes System von Gewässern mit idyllischen Seen sowie breiten und schmaleren Wasserzügen die Landschaft, erzeugt aber auch eine große Insel im Zentrum des Parks. Doch bei Wilhelm Benque erfüllen die Brücken nicht nur verbindende Zwecke. Er legte ihre Standorte auch so fest, dass von diesen Überführungen ein freier Blick in den Park oder auf besonders stimmungsvolle Landschaftsbilder möglich wurde.

Eine besondere Bedeutung kommt der Melchersbrücke zu, die wesentlicher Bestandteil der Hauptsichtachse im Park zwischen dem heu-

tigem Park Hotel und der Meierei ist. Sie ist die letzte aus der Gründerzeit erhaltene Brücke und zudem eine typische »Familienbrücke«. Eine Spende des Kaufmanns L. H. Carl Melchers hatte die Errichtung der monumentalen Brücke aus Sandstein ermöglicht. Sie entstand von August 1881 bis März 1882 – noch bevor die Verbindung vom Emmasee mit den Wasserzügen im nördlichen Park ausgehoben war. Das geschah erst nach Einweihung der Brücke 1883.

Die Balustraden der Brücke wurden an den vier Endpunkten mit schmiedeeisernen Halterungen für Gaslaternen verziert. Diese Leuchten wurden im Laufe der Jahrzehnte ersetzt, alle anderen Brückenteile sind bis heute im Originalzustand. Dazu zählen beispielsweise auch die vier Medaillons, die die Jahreszeiten symbolisieren und in den Ecken über dem Brückenbogen eingesetzt sind. Seit 2004 erstrahlt die Melchersbrücke in »neuem alten« Glanz. In diesem Jahr wurde sie aufwendig gereinigt und saniert – die Kosten dafür übernahm ganz traditionsbewusst die Familie Melchers.

Die Melchersbrücke im Herbst

Grundsätzlich ist der Erhalt der denkmalgeschützten Brücken ein kostenträchtiges Unterfangen für den Bürgerparkverein. Das Alter der historischen Brücken und der schwierige Baugrund im Park führen zu einem beständigen Pflege- und Reparaturbedarf. Die Kosten für größere Restaurierungsarbeiten lassen sich oft nicht aus dem normalen Haushalt des Bürgerparkvereins decken. Derartige Arbeiten können nur mit Hilfe großzügiger Spenden umgesetzt werden.

Viele Brücken der ersten Generation waren aus Holz errichtet worden und hatten naturgemäß eine begrenzte Lebensdauer. Sie mussten nach relativ kurzer Zeit ersetzt werden. Zu Beginn des 20. Jahrhunderts mussten zum Beispiel die Lodtmannbrücke, die Carl-Schütte-Brücke und die Fischerbrücke durch Neubauten ersetzt werden. Umgesetzt werden konnte dies durch die großzügige Unterstützung der Kaufleute Alfred Hoffmann und Carl Schütte sowie der Familien Leisewitz und Marwede. Statt der Holzbrücken entstanden belastbarere Betonüberführungen, die allerdings meist auch weniger opulent verziert waren – ein nicht immer unerwünschter Effekt.

Das gilt beispielsweise für die 1883 errichtete und von dem Bremerhavener Schiffbauer, Reeder und Kaufmann Rickmer Clasen Rickmers finanzierte eiserne Hängebrücke am nördlichen Rand der sogenannten

Die Wiegandbrücke

Ringstraße. Deren schmiedeeiserne Geländer waren üppig mit Rosetten besetzt, die Pylone krönten Lampen, die auf gusseisernen Delphinen fußten. Als dieses Gründerzeit-Bauwerk in den 1920er-Jahren zunehmende Verschleißerscheinungen zeigte, entschieden die Verantwortlichen des Bürgerparkvereins, die mit ihrem Pomp nicht in die Grünanlage passende Brücke lieber durch einen Neubau zu ersetzen. 1938 wurde das durch ein Vermächtnis der Parkfreundin Marie Bergmann möglich, das Betonbauwerk mit Klinkermauerwerk trägt heute den Namen der Mäzenin.

Aber auch die erneuerten Brücken mussten seit den 1990er-Jahren systematisch restauriert werden. In vielen Fällen kamen dafür die Nachkommen der ursprünglichen Spender auf, es konnten aber auch neue Mäzene gewonnen werden, wie etwa 2007 im Fall der einzigen Stadtwald-Brücke die Karin und Uwe Hollweg-Stiftung – diese Überführung trägt jetzt in der Tradition der »Familienbrücken« den Namen Fritz Hollweg.

Eine Sonderstellung im Bürgerpark nimmt die 1912 erneuerte Carl-Schütte-Brücke auf der Zuwegung zur Meierei ein: Sie ist die einzige für den Autoverkehr zugelassene Brücke im Park. So passt es auch, dass ihre Sanierung 1998 mit Mitteln aus einer Spendenaktion der Bremer KFZ-Innung finanziert wurde. Auf eine Namensänderung hat man in diesem Fall aber erfreulicherweise verzichtet …

Von oben links nach unten rechts: Die Alfred-Hoffmann-Brücke, die Carl-Schütte-Brücke, die Hachez-Brücke und die Marie-Bergmann-Brücke

Haus mit Historie

Das Park Hotel

Jedem Besucher, der den Bürgerpark aus Richtung Innenstadt betritt, bietet sich das prächtige Panorama des alleegesäumten Hollersees mit Fontäne und dem dahintergelegenen Park Hotel. Das in dieser Form am 11. Mai 1956 eröffnete Hotel nimmt eine besondere Stellung im Bürgerpark ein. Das imposante Gebäude mit der hohen Kuppel bildet zusammen mit der Meierei die gegenüberliegenden Endpunkte der großen Sichtachse. Und es gehört heute – anders als alle übrigen Gebäude – nicht dem Bürgerparkverein. Zudem ist es Bremens einziges Fünfsternehotel, das auch international zu den besonders exklusiven Unterkünften mit hohem Renommee gehört.

An diesem zentralen Punkt sahen bereits die ersten Pläne von Wilhelm Benque eine Baulichkeit für Gastronomie und für gesellschaftliche Veranstaltungen vor. Gleichzeitig bildete das Gebäude zusammen mit dem Hollersee und seinen barocken Formen den repräsentativen Eingang zum Park. Hinter dem

Park Hotel öffnet sich die große, baumgesäumte Wiesensicht über die Melchersbrücke bis hin zur Meierei. Am Standort des heutigen Park Hotels entstanden nacheinander drei Parkhäuser, die in ihrer Architektur den jeweiligen Zeitgeschmack abbildeten und überwiegend Gastronomie und Räume für gesellschaftliche Veranstaltungen boten. Es begann mit einem breiten einstöckigen Bau mit Flachdächern, der 1872/73 nach Plänen des Architekten Hermann Deetjen errichtet wurde. Im Mittelteil wies dieses Gebäude einen erhöhten Pavillon auf, zwei Flügelbauten beherbergten jeweils acht gedeckte Hallen mit Terrassen. Die Baukosten in Höhe von 187.000 Mark trugen die Gastwirte. Eine lohnende Investition, denn die Bremer Bevölkerung nahm das gastronomische Angebot mit etwa 1.000 Plätzen an 200 Tischen im Parkhaus-Garten sehr gut an. Ab Mai 1873 wurden zudem Freiluftkonzerte angeboten. Dabei lockte insbesondere die elektrische Beleuchtung Neugierige in Scharen an – eine solche Illumination des Außenbereichs war ab dem Sommer 1874 die Sensation schlechthin.

Oben: Entwurf und Umsetzung des ersten Parkhauses 1872/73
Unten rechts: Das zweite Parkhaus 1898

Die für 1890 geplante Nordwestdeutsche Gewerbe- und Industrieausstellung beflügelte ab 1888 Pläne, ein neues und noch größeres Parkhaus zu bauen. Der Bremer Kaufmann Gustav Deetjen hatte sich bereit erklärt, den Neubau mit einer Spende von 300.000 Mark zu unterstützen. Architekt Johann Georg Poppe lieferte die Pläne für das im März 1890 fertiggestellte schlossartige Bauwerk, das 160 Meter lang, 65 Meter breit und 64 Meter hoch war. Neben einer zentralen hohen Kuppel ragten fünf Türme auf, die Gesamtanlage war üppigst mit Ornament- und Figurenschmuck im Stil des Historismus dekoriert. Die Gesamtkosten beliefen sich auf 664.000 Mark; der Bürgerparkverein musste nach Abzug aller Zuwendungen rund 227.000 Mark aus eigener Tasche zahlen. Der Zuspruch, insbesondere für die Außengastronomie, war enorm. Zu den Konzerten kamen bis zu 8.000 Besucher. Höhepunkte waren dabei die sogenannten »Brillantfeuerwerke«. Eines dieser Feuerwerke war vermutlich auch die Ursache für den Brand in der Nacht vom 14. auf den 15. August 1907, durch den das Parkhaus zerstört wurde. Möglicherweise wurde das Feuer aber auch durch einen Blitzeinschlag oder ein Spiel mit Streichhölzern ausgelöst. Endgültig konnte dies nie geklärt werden.

Oben: Das im Zweiten Weltkrieg zerstörte dritte Parkhaus und der Neubau des Park Hotels nach 1956

Über das dritte Parkhaus entbrannte danach eine jahrelange Diskussion. Dass ein großer Konzertgarten notwendig sei, war unumstritten. Im Bürgerparkverein und in der bremischen Öffentlichkeit wünschte man jedoch einen »behaglichen« Neubau, womit offenkundig ein weniger pompöses Gebäude gemeint war. 1912 erhielt schließlich der Architekt Rudolf Jacobs den Zuschlag des Parkvereins für seinen Plan, ein breit gelagertes, schlichtes Bauwerk mit einem von einer Kuppel überragten ovalen Mittelbau zu errichten. Im Dezember 1913 wurde der Neubau eröffnet, für dessen Außenfassade der Bremer Bildhauer Hermann Berger einen ornamentalen Fries schuf und der Worpsweder Künstler Heinrich Vogeler einen Innenraum gestaltete. Das neue Gesellschaftshaus kostete 615.000 Mark, konnte aber wieder nur teilweise durch Spenden finanziert werden. Im dritten Parkhaus standen ein Saal für 550 Personen sowie zwei Restaurants mit 500 und 330 Plätzen zur Verfügung. Bis in den Zweiten Weltkrieg blieb auch dieses Haus ein sehr beliebter Anziehungspunkt für die Bremer Bevölkerung. Bei den zahlreichen Luftangriffen, die Bremen trafen, erlitt das Gebäude jedoch erhebliche Schäden und konnte nur noch sehr eingeschränkt genutzt werden.

Nach Kriegsende zogen amerikanische Truppen in das Parkhaus, die dort kurzzeitig ein Offizierscasino einrichteten. Nach deren Auszug erhielt der Bürgerparkverein diverse Angebote für eine neue Nutzung. Radio Bremen hätte dort gerne sein Funkhaus eingerichtet, der Verein wollte aber eine Nutzung, die die Öffentlichkeit nicht ausschloss. So zogen schließlich ein Gastronom und das »Parkhaus-Operetten-Theater« in die Räume, während parallel die gröbsten Schäden am Haus und im Garten beseitigt wurden. Für eine Komplettsanierung fehlte dem Bürgerparkverein aber das Geld, zumal die Stadt einen Beihilfeantrag ablehnte.

So entstand 1951 der Plan, das Parkhaus in ein Hotel umzuwandeln. Schon Ende des gleichen Jahres wurde die Hotel-Parkhaus GmbH gegründet, die nun die Pläne für die neue Nutzung entwickelte. Im März 1953 schloss die Hotelgesellschaft mit der Stadt Bremen einen Erbbauvertrag und im November 1953 erhielten die Architekten Herbert Anker und Theodor Rosenbusch den Auftrag für den Entwurf und die Ausführung des Park Hotels. Mit dem Abbruch der Seitenflügel wurde im Dezember des gleichen Jahres begonnen. Der Mittelbau blieb stehen, wurde aber vollständig umgestaltet. Nach 25-monatiger Bauzeit konnte am 11. Mai 1956 der Neubau eröffnet werden. Er war angelehnt an den Vorgängerbau und bestand ebenfalls aus einem ovalen Mittelbau mit Kuppel und zwei je zweistöckigen Flügeln mit Flachdach. Vier Millionen Mark kostete der Rohbau, sechs Millionen die schon damals opulente Ausstattung. Die Übernachtungspreise im Jahr 1956: 30 bis 80 Mark für Einbett-Zimmer, Doppelzimmer oder Appartements – für damalige Verhältnisse durchaus nicht für jeden erschwinglich. Das Park Hotel Bremen gehörte bald zu den »Leading Hotels of the World«. 1958 und 1967/68 wurde der Bau auf der Westseite sowie 2003/04 auch auf der Ostseite erweitert.

Das Park Hotel, das seit August 2013 der international tätigen Dorint-Gruppe angehört, verfügt derzeit über 155 Zimmer und 20 großzügige Suiten. Die wunderschöne Umgebung des Bürgerparks ist heute wie damals für alle inklusive.

PARK HOTEL

wieder
Winter
im
Park

O du fröhliche

Die Adventszeit im Park

Weihnachten im Bürgerpark – Waldbühne, Meierei, das Restaurant »emma am see« und das Park Hotel erstrahlen im festlichen Glanz, an den Häusern im Park leuchten Weihnachtsbäume. Im Park kehrt jetzt langsam Ruhe ein. Die Mäh- und Laubarbeiten sind für die Saison abgeschlossen, die Minigolfanlage ist winterfest gemacht worden, Ruderboote und die »Marie« sind in ihrem jeweiligen Winterquartier.

Auf dem Betriebshof und in der Verwaltung kann aber von Vorweihnachtsruhe keine Rede sein. Viele Arbeiten, die über das Jahr anfallen, werden jetzt durchgeführt. Nach der intensiven Beanspruchung in den zurückliegenden Monaten werden in der Schlosserei die Maschinen und Geräte überholt und repariert. Werkzeuge und Gerätschaften für die

ab Januar beginnenden Fällarbeiten müssen vorbereitet werden. Die Maler des Bürgerparks arbeiten in dieser kühlen und feuchten Jahreszeit vornehmlich in den Gebäuden des Parks und in ihrer Werkstatt. Hier stapeln sich renovierungsbedürftige Bänke, kleine Spielgeräte und weitere Holzobjekte aus dem Park. Von den Malern erhält zu dieser Zeit auch die »Marie« eine »Wellnesskur«, bei der die vielen kleinen Blessuren durch die starke Beanspruchung in den Sommermonaten beseitigt werden. Für regelmäßigen Nachschub sorgt in der Malerwerkstatt auch der Bürgerparktischler. Reparierte Holzspielgeräte, neue Zaun- und Bankelemente erhalten ihren abschließenden Anstrich. Neben diesen Reparaturarbeiten werden alle übrigen, durch die zahlreichen kleinen Besucher »abgeliebten« Spielgeräte auf den Spielplätzen vor Ort gewartet und repariert. Die Gärtner sind in der Vorweihnachtszeit damit beschäftigt, den Park winterfest zu machen. Dazu gehört das Einhausen der Sandsteinskulpturen, das Abstellen der Wasserleitungen, das Anbringen der

Blick in die Gesteckwerkstatt

Weihnachtsdekoration an der Meierei und schlussendlich das Aufstellen des Weihnachtsbaums vor dem Schweizerhaus.

Besonders viel Arbeit hat in dieser vorweihnachtlichen Zeit der Gärtner Helmut Schnaars. Seit vielen Jahren hat er die Aufgabe übernommen, besonderen Förderern, Freunden und Geschäftspartnern des Bürgerparks eine vorweihnachtliche Freude zu bereiten. Dafür fertigt er Adventsgestecke – genauer: rund 180 Gestecke, die rechtzeitig vor dem 1. Advent bei den Empfängern sein sollen. Immer mal wieder wurde in den vergangenen Jahren überlegt, ob eine solche Aufmerksamkeit eigentlich noch zeitgemäß sei. Nachfragen bei den Freunden und Förderern, aber auch vorsichtige Anfragen dieser Personen, wann denn wohl mit dem Gesteck zu rechnen sei, haben solche Gedanken aber bald beendet. Das Adventsgesteck aus dem Bürgerpark ist zum Markenzeichen geworden, auf das niemand verzichten möchte.

Der Einkauf dafür beginnt schon rechtzeitig im August. Im einschlägigen Fachhandel werden die obligatorischen dicken roten Kerzen, glitzernder Weihnachtsschmuck, Draht, exotische Fruchtstände und

auch dekorative Tannenzapfen besorgt. Aus dem Bürgerpark selbst kommen nur wenige Teile des Gestecks. Einige Zapfen, kugelige Früchte des Amberbaums und Weidenzweige findet der Gärtner im Park, aber die besonders lange haltbaren Zweige der Nobilistanne gibt der Bestand für 180 Gestecke nicht her – die müssen eingekauft werden.

Schon Wochen vor dem 1. Advent beginnt der Gärtner mit der Herstellung. In der Schreinerei auf dem Betriebshof entsteht ein Gesteck nach dem anderen. Immer wieder finden sich Kollegen, die Spaß daran haben, ihn bei dieser Arbeit zu unterstützen. Die fertigen Gestecke werden im kühlen Gewächshaus zwischengelagert, ehe sie den Empfängern mit einem Weihnachtsgruß von einem der Mitarbeiter direkt ins Haus gebracht werden. Und dann leuchten am 1. Advent in den Wohnzimmern der besonders großzügigen Spender und Förderer, in den Büros der Helfer, in Verwaltungen und Werkstätten, bei Handwerkern und Lieferanten die roten Kerzen aus dem Bürgerpark. Für viele von ihnen beginnt die Vorweihnachtszeit erst richtig mit dem Gesteck aus dem Bürgerpark.

Rechts: Winterdienst im Bürgerpark

Eine wertvolle Tradition

Franz Ernst Schütte (1836–1911)

Die Neujahrsspende

Franz Ernst Schütte, der größte Mäzen von Bürgerpark und Stadtwald und der erster Präsident des Bürgerparkvereins, war es, der vor mehr als 120 Jahren eine Idee hatte, die noch heute einer der wichtigsten Bausteine zur Finanzierung der Parkanlage ist: die Neujahrsspende. 1892 rief er erstmalig die Bürgerinnen und Bürger dazu auf, das Geld für die damals noch traditionellen Karten mit Neujahrsgrüßen zu sparen und stattdessen dem Bürgerparkverein eine Spende zukommen zu lassen. Als Dankeschön und eine Art alternativen Neujahrsgruß veröffentlichte der Verein in der Silvesterausgabe der Bremer Tageszeitungen eine Liste der Spender in alphabetischer Reihenfolge und – ganz nach hanseatischer Tradition – ohne die Höhe des gespendeten Betrages zu nennen.

Bis heute ist das Geld aus der Neujahrsspende neben den Beiträgen der knapp 3.000 Vereinsmitglieder, den Erträgen aus der Bürgerpark-Tombola sowie allgemeinen Spenden und Erbschaften einer der wichtigsten Finanzierungsbausteine für den Erhalt des Parks. Anders als viele der nach vorsichtigen Schätzungen jährlich 2 Millionen Besucher möglicherweise glauben, erhält der Park keine öffentlichen Mittel, sondern muss ausschließlich mit dem Geld auskommen, das Bürgerinnen und Bürger oder auch Firmen für seinen Erhalt und seine Pflege freiwillig bereitstellen – eine in Deutschland in dieser Größenordnung einzigartige Konstellation.

Die Neujahrsspende macht dabei etwa zehn Prozent der jährlichen Einnahmen aus, die nötig sind, um die Betriebskosten des Parks von rund 2,5 Millionen Euro zu decken. Im Schnitt kommen ca. 200.000 Euro, in guten Jahren wie im Jubiläumsjahr 2016 auch deutlich mehr zusammen. Mit dieser Summe werden zum Beispiel die Pflegearbeiten im Park, erforderliche Investitionen sowie Löhne und Gehälter der Mitarbeiter, aber auch die Betreuung von Kindergarten- und Schulkindern durch die Parkpädagogin und das Tiergehege finanziert – der Vereinsvorstand führt die Verwendung in seinem Aufruf zur Neujahrsspende jeweils im Detail aus.

Bis heute ist der Bürgerparkverein seinem großen Freund und Förderer Franz Ernst Schütte dankbar für seine ebenso einfache wie geniale Idee. Seit 1892 ist die Tradition der Neujahrsspende ungebrochen – zum Wohl und Glück der Bremer und ihres Bürgerparks.

Das Schüttedenkmal in der Nähe des Park Hotels

»1928 schrieb RIGGERS: ›Der Bürgerparkverein wäre ein schlechter Sachverwalter, wenn er das kostbare Erbe der Vorfahren nicht mit allen Mitteln unverändert zu erhalten suchte.‹ [...]
Vielleicht muß man immer wieder daran erinnern, daß der Bürgerpark ein wertvolles Kunstwerk und Denkmal ist, in dessen Umfeld allemal Rücksichtnahme und Zurückhaltung geboten sein sollte, daß dieser historische Garten vielfältige Erholungsmöglichkeiten und Anregungen bietet, nicht zuletzt als ein Ort unmittelbar erlebbarer Geschichte und als Element der Identifikation, dessen Originalität und Beständigkeit das Gefühl von ›Heimat‹ vermitteln kann. Denk-Mal nicht nur in rechtlicher sondern auch in sehr persönlicher Hinsicht.
Dieses Gartenkunstwerk im Sinne seiner Gründer zu erhalten, als ›eine Annehmlichkeit und Zierde der ganzen Stadt ..., eine Schöpfung zum leiblichen und geistigen Gedeihen der gesammten Bevölkerung, zu Wohlfahrt und Segen für jedermann‹ (REINSCH, 97) ist nicht nur Aufgabe des Bürgerpark-Vereins und der ihm zugeordneten Verwaltung, sondern auch – in seinem eigenen Interesse – des Senats und des ganzen Gemeinwesens.«

Aus: »Der Bremer Bürgerpark: 125 Jahre«, Bremen 1991.

Danksagung

Zahlreiche Personen haben zum Gelingen dieses Buches beigetragen. Unser Dank gilt unserem Autor Peter Groth, dem es mit seinen abwechslungsreichen Texten gelungen ist, die vielen verschiedenen Facetten des Parks lebendig darzustellen. Für die vielen schönen und eindrücklichen, manchmal auch amüsanten Bilder möchten wir uns bei unserem Fotografen Jochen Mönch und allen weiteren bedanken, die ergänzende Bilder beigesteuert haben. Dem Carl Schünemann Verlag danken wir für die fachliche Unterstützung und die sehr freundliche Begleitung bei der Erstellung des Buches. Hier geht unser besonderer Dank an Caroline Simonis, die mit ihrem unerschütterlichen Optimismus, ihrer großen Fachkompetenz und ihrem unbeschwerten Blick geholfen hat, so manche Klippe zu umschiffen, und im Notfall für die »richtige« Motivation aller Beteiligten gesorgt hat. Vielen Dank auch an unsere Archivarin Ulrike Graf, die mit großer Ausdauer historische Informationen und Bilder ausgegraben und das Buch damit um einen besonderen Reiz erweitert hat. Der allergrößte Dank geht an unsere Mitarbeiterin Jutta Asendorf, ohne deren unermüdlichen Einsatz das Buch wohl niemals fertig geworden wäre und es niemals die vorliegende Qualität erreicht hätte.

An dieser Stelle möchten wir aber natürlich auch den vielen treuen Spendern – im Großen und im Kleinen – danken, durch deren Unterstützung der Park überhaupt erst zu einem echten Bürgerpark wird.

Ein besonderer Dank geht an die Karin und Uwe Hollweg Stiftung, ohne deren finanzielle Förderung die Erstellung dieses Buches nicht möglich gewesen wäre und die den Park auch in der Vergangenheit immer wieder großzügig unterstützt haben.

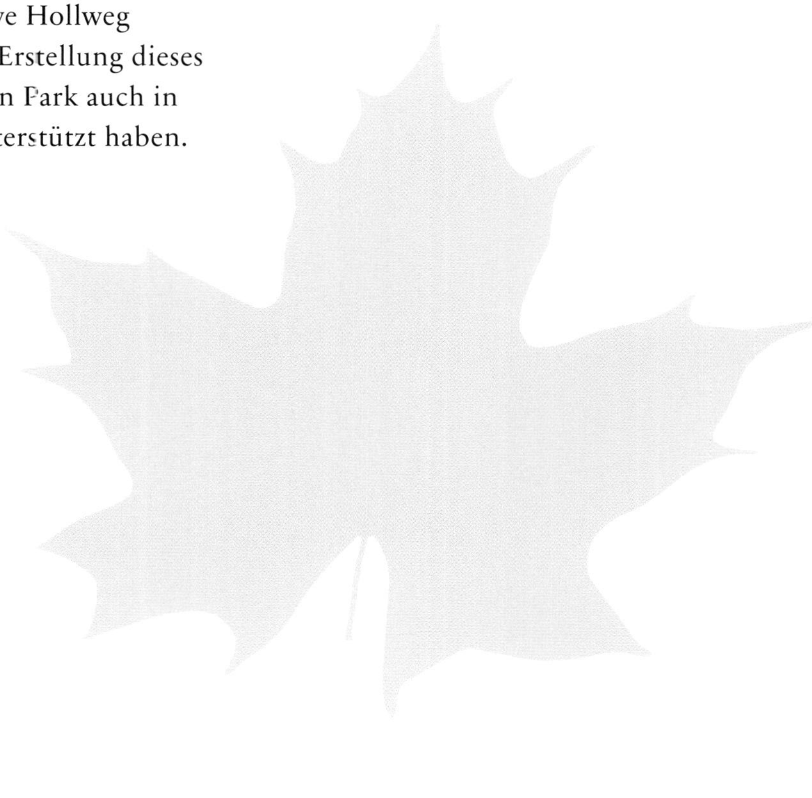

Der Bürgerpark – der Park der Bremer

Wenn auch Sie sich für den Bürgerpark und dessen Erhalt einsetzen wollen, freut sich der Bürgerparkverein über neue Mitglieder.
Der Mindestbeitrag für eine Mitgliedschaft im Bürgerparkverein liegt bei 15 Euro im Jahr.
Alle Informationen und einen Mitgliedsantrag dazu finden Sie online unter www.buergerpark.de/unterstuetzung/buergerparkverein

Selbstverständlich freut sich der Park auch über Spenden oder Zuwendungen. Nehmen Sie dazu gerne Kontakt mit uns auf; per Mail: info@buergerpark-bremen.de oder telefonisch unter der 0421-342070.

Für eine direkte Spende verwenden Sie bitte unser Spendenkonto:
Bürgerparkverein Bremen
IBAN DE93 2905 0101 0001 0999 93, BIC SBREDE22XXX
oder Konto 109 9993, BLZ 290 501 01
Sparkasse Bremen

Bildnachweis

Archiv des Bürgerparkvereins
Seiten 16, 18 (Klaus Reinsch), 32, 47, 48, 48 o. l. (Hermann Ohlsen), 54 o. l., 54 o. r., 54 Mitte, 66 o., 68, 71, 80 l. o., 80 l. Mitte, 80 u. l., 80 o. r., 95, 104 u. l., 104 u. r. (Karl Rekord), 133, 142 r., 151 l., 152, 177, 178 o. l., 178 o. r., 188, 192

Oliver Baumgart
Seiten 96, 97 o.

Otto Borchers
Seite 26

bremer shakespeare company
Seiten 112, 114, 115

Der Bürgerparkverein
Seiten 10/11, 12, 13, 14, 15, 20, 21, 22, 23, 25 r., 27, 28, 29 (Günter Reinsch), 30, 31, 33, 39, 40, 41, 43, 45, 52, 56, 58, 59, 60, 61 o. l., 63 o., 63 Mitte, 64, 67 o. l., 70 u. l., 70 u. r., 72, 73 r., 74, 75, 76, 77, 79 o. r., 83 o. r., 85 o., 86 u., 89 u., 91, 92, 93 o., 101 o., 105, 108, 109 u., 110 o., 116, 117 o., 117 Mitte, 119, 122, 123 r., 124, 128, 129, 130 u., 142 l., 144, 145 o. l., 145 Mitte, 145 u., 148 o. r., 149 o. l., 149 o. r., 150, 151 r., 153, 155, 163 l., 169 o. r., 172, 175 r. Mitte, 184, 186, 187 r.

Justus Grosse GmbH
Seite 5

Frank Thomas Koch
Seiten 6

Torsten Krüger
Seiten 46, 78, 130 o. l., 130 o. r., 159 r., 160, 161 l., 163 r., 166 l., 175 r. u., 178 u.

Jochen Mönch
Umschlagbild und Seiten 17 r., 19, 24, 25 l., 37, 38, 42, 44, 49, 50/51, 53, 54 u., 55, 57, 61 o. r., 61 u., 62, 63 u., 65, 66 u., 67 o. r., 67 u., 73 l., 79 o. l., 79 r. Mitte, 79 r. u., 80 u. r., 81, 82, 83 o. l., 83 o. r., 84, 85 u., 86 o., 89 o., 90, 93 u., 94, 97 u., 98/99, 100, 101 Mitte, 101 u., 102, 103, 104 o., 106, 107 r., 109 o., 110 u., 111, 113, 118, 120, 121 u., 123 l., 125, 131, 132, 134, 135, 136/137, 138, 139, 140, 141, 143, 146, 145 o. r., 147, 148 o. l., 148 u., 149 u., 154, 156, 157, 158, 159 l., 161 r., 162, 164, 165, 166 o., 167, 171, 173, 174, 175 o. l., 175 o. r., 176, 179, 180, 181, 182/183, 185, 187 l., 189, 190/191

Hermann Ott
Seite 17 l.

Martin Rospek
Seiten 34, 35, 36

Edda Ruthenberg
Seite 121 o.

Jochen Stoss/Staatsarchiv Bremen
Seite 87

Wilhelm Tacke
Seite 88

Theater INTERAKTIWO
Seiten 126, 127

Wikicommons/4028mdk09
Seite 107 l.

Konstantin Zigmann
Seiten 70 o., 117 u., 168, 169 o. l., 169 u., 170

Impressum

Die Deutsche Nationalbibliothek verzeichnet diese Publikation in der Deutschen Nationalbibliografie; detaillierte bibliografische Daten sind im Internet über http://dnb.dnb.de abrufbar.

Herausgegeben vom Bürgerparkverein

Text: Peter Groth
Fotografien: Jochen Mönch u. a.
Lektorat: Caroline Simonis
Satz und Buchgestaltung: Karin Hannemann

Printed in EU 2018 | ISBN 978-3-944552-92-7